ナンシー関の耳大全77

ザ・ベスト・オブ「小耳にはさもう」1993-2002

ナンシー関
武田砂鉄 編

朝日文庫

本書は、朝日新聞社より刊行された『小耳にはさもう』（一九九四年九月刊）、『聞いて極楽』（一九九五年十一月刊）、『聞く猿』（一九九七年六月刊）、『耳部長』（一九九九年六月刊）、『秘宝耳』（二〇〇一年一月刊）、『耳のこり』（二〇〇二年四月刊）、『ナンシー関の「小耳にはさもう」ファイナル・カット』（二〇〇五年一月刊）を底本として、再編集したものです。

名前・肩書などは、刊行当時のままに収録いたしました。

ナンシー関の
耳大全77

もくじ

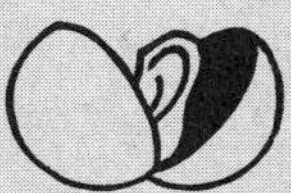

1997年連載

1998年連載

1999年連載

2000年連載

小耳はさまれ・オブ・ザ・イヤー

2001年連載

2002年連載

本文レイアウト　矢萩多聞

ナンシー関の耳大全77

――ザ・ベスト・オブ「小耳にはさもう」1993―2002

小耳はさまれ・オブ・ザ・イヤー 1993

（右ページ 上から下に）貴花田光司／ミッキー安川／王貞治／森繁久彌／斉藤ゆう子／千昌夫／田村正和／成田きん／景山民夫／長嶋茂雄／上岡龍太郎／武田鉄矢／ジミー大西／萩本欽一／中村玉緒／ビートたけし／片岡鶴太郎／寺田理恵子／関口宏 （左ページ）長嶋一茂／山本リンダ／吉田栄作／中山大三郎／アントニオ猪木／野沢直子／若林正人／新加勢大周／栗本慎一郎／斉藤由貴／安達祐実／大前研一／竹内健晋／裕木奈江／長渕剛／吉田拓郎／カバキ／ガッツ石松／前田忠明／愛川欽也／矢追純一／景山民夫／ジェームス三木／飯島直子／翔／落合信子／曙太郎／高嶋政伸／落合信彦／マイケル・ジャクソン

田村正和

「とてもつまらない男です」

1993年2月1日　テレビ朝日系「徹子の部屋」にて。
初めて自分を語る彼のシビレるひとこと。
かっちょいいー！　のである。

トーク番組乱立のなかで、その出演依頼を断り続けるということにはエネルギーが必要だろう。いまの状況から察すれば「出演する」ということには、めったに意思を見いだせないが、出演しないということからは強い意思表示をくみ取ることができる。

そんな状況を生んだ原因はこの「徹子の部屋」と「テレホンショッキング」(「笑っていいとも!」)にある。この二つはとにかく毎日やってるのだ。毎日(もちろん月〜金だけど)やってるということは、とりあえず毎日誰かが出演を承諾しているわけだ。「いいとも!」なんつってね。もう視聴者は、あのテレホンショッキングの電話が一種のやらせであることを知らないわけではないが、だからこそ「いいとも!」といわないことのほうが異常な事態であり、承諾して出演することのほうが「無抵抗」というニュートラルな状態だという認識が、知らずしらずのうちに広まったとも思える。出演拒否をしているところは非公開であるし(テレホンショッキングの初期には、その場で断るケースもあったが)、「テレホンショッキング」に出れば「ご出演おめでとう」、「徹子の部屋」は

「この番組に出るのが夢でした」なのだから、「出していただく出演者」と「出してやっている番組」という図式が見えてくる。

そんななか、田村正和は今回の「徹子の部屋」が初のトーク番組だ。私は、けっこう「素のしゃべりを見せない俳優」というのを意識的に認識しているほうで、それがどんどん減っていくなか、田村正和と石立鉄男が最後の砦みたいな感じに思っていたのである。しかし、石立鉄男は不思議だよ。皆さんはあまりそう思っていないかもしれないけど、私は石立鉄男のことを考え始めると止まらなくなる。普段もあんなヘンな喋り方なんだろうか、とか。

ま、石立鉄男の話はこのくらいにしておいて、田村正和に戻す。私は田村正和を本気で心の底から「ステキ♡」と思ったことはない。ドラマのなかで彼が体現する「ステキ」を見たとき、私は尾骶骨《びていこつ》のあたりからわきあがってくるいいようのない感情——それは恥ずかしさとも照れ臭さとも言い切れないし、＋《プラス》の感情なのか−《マイナス》の感情なのかもわからない、でもそれはピンク色を帯びているような気がする——に自分のなかでカタをつけるため、あえてそれを「かっちょいいー!」という言葉で感情表現することにしている。そうでもしなければ、私は田村正和を正視することを苦痛に思うだろう。そして素の田村正和も「そのまんま」といっていいほどかっちょいいー!であった。ということで、そのなかでも最も「かっちょいいー!」なひとことを選んでみたわけである。私の「かっちょいいー!」が表す、この忸怩《じくじ》たる思いをご理解いただけましたでしょうか。

＊石立鉄男はトーク番組はおろかバラエティーにまで進出し、その謎に終止符を打った。そして田村正和はこの後「古畑任三郎」という当り役を得、忸怩たる思い抜きで鑑賞できる状態に入った。時は流れるものである。

武田鉄矢

「自分で自分に陶酔できるパワーは必要だね」

1993年3月10日　テレビ朝日系
「実録！芸能界スター出世㊙話　ザ・立志伝」にて。
芸能界でのしあがるための秘訣を、
若手芸能人へメッセージ。

武田鉄矢が人気者であると思うたび、私は日本という国が嫌になる。武田鉄矢を受け入れるというのが日本人の国民性だとするなら、私は日本人をやめたいと思う。

「実録!芸能界スター出世㊙話　ザ・立志伝」という番組。スターに苦労時代の思い出話を語らせてそこから教訓を得ようという、ヘタをすればものすごく嫌なものになりかねない企画が、ヘタをしてしまったというやつ。故意に、小林幸子、泉ピン子、吉幾三、大仁田厚といったコテコテないかにもという人選をすることによって、もしかしたら「立志伝」というものを形骸化させて笑いものにできるんじゃないかというはかない希望（あったかどうか知らないが）も、本人たちのオーラの前に粉砕された。

武田鉄矢に話を戻す。武田鉄矢は暑苦しい。すべてにおいてなんか過剰だ。武田鉄矢のどこが嫌いなのかを歯をくいしばって考えてみよう。

私は、武田鉄矢にも認めるべき「仕事」があったことは否定しない。私も「金八先生」を見て泣いたこともあるし（ちょっと恥ずかしい）、卒業式で「贈る言葉」を歌う学校があったとしてもしようがないとも思う。でも、それはそれとして「でも武田鉄矢は嫌い」というのが世間の感情だと思っていた。「仕事」と「人」を分けて考えることが難しい芸能界の状況であることはわかっているが、それでも武田鉄矢に限ってはそうではないと思っていた。いい仕事をすれば人気も上がる、という全くの正論さえ武田鉄矢には当てはまらないと信じていた。それは武田鉄矢には、人を辟易《へきえき》させる過剰さがあるからだ。

歌手や俳優が、その作品で自己表現を完結させることはさっきの「仕事」と「人」を分けて考えられないのと同じように、もはや無理である。スターであるほど、作品の本当の意味や、自分の人生とそれとの関係、たんに自分の思い出話、飼ってる犬の話など、語ることを許される。

で、武田鉄矢も人気者だから語るチャンスを多く与えられるわけであるが、日本一「語る」男なんだ、これが。たんに語る機会が多いとか冗舌であるというのではなく、この人の喋りを聞いていると、なんか自分の日常生活すべてを逐一「言語化」しているように思える。スターの自己陶酔というと「いつも見られている」という言い方に表れるように、いつもカメラやテレビの自分を想定するといった「映像化」の自意識過剰が常であるが、武田はそれが「言語化」なのだ。どう見られているかを気にするスターと同じように、今の自分をどう語ればいいかをいつも考えている武田鉄矢がいる。だからマイクを向けられると、「待ってました」と語り出す。武田は日本一「語りたがっている」男なのだ。語るとき、武田の自己陶酔は成就する。あー、辟易。

片岡鶴太郎

「私のような男を頼りにしてくれる」

1993年4月8日　W不倫をフライデーされての弁明会見。
野村真美との関係についてのコメント。

うきーっ、かーっこいい！

これ、セリフ的には高倉健だもの。あんまりかっこよくて、歯の詰めものが取れちまったよ。ったくよ。何のことやら。

ここ数年間、ずっと「脱・お笑い」のあさましさみたいなものを全身に漂わせていた鶴太郎だが、ついにそれを現実としてしまった。先日、ひとつだけ残っていたお笑い的アイデンティティーの番組「笑っていいとも！」を切ったことで、鶴太郎はお笑いから完全撤退したことになった。

去年の秋だったと思うが、鶴太郎司会のバラエティー番組「鶴ちゃんのプッツン5《ファイブ》」の最終回で、エンディングのどさくさのなか、鶴太郎は「もう二度とこんなバラエティー番組をやることはないと思いますが」と言った。でも、私は聞き違いだと思ったのである。どさくさ状態であったということもあるが、それ以上に「もう二度と」などという言葉まで使ってこんな宣言をするはずがない、と思っていたからだ。しかし、やっぱりあのとき、鶴太郎はそう言っていたのだ。

「森繁幻想」とでもいうのだろうか。お笑いから役者（それも性格俳優というやつ）へ転向することを、何の疑いもなく「上がり」だとする考え方がある。実際に森繁ら先人がどういう経過でお笑いから俳優に成り上がっていったのか、私にはわからないが、この鶴太郎のように「本日をもって」スパッと切る、なんていう方法を取った人はいないと思う。

どうして鶴太郎はお笑いから脱却することをそんなにも急《せ》いたのか。

鶴太郎は、昔のＶＴＲで自分の姿を見せられることを、ものすごく嫌がる。その嫌がり方は他のタレントなどが見せる「一種、甘酸っぱいこっぱずかしさに居心地の悪さを感じる」というのとはちょっと違う。本当に心底嫌そうなのだ。ＶＴＲの中の昔の自分を憎悪しているようにさえ、私には見える。ここでナルシシズムという言葉を持ち出すのは、ちょっと安直な感じがして気が引けるが、やっぱり大きな要因かもしれない。

かっこいい自分が好き、かっこ悪い自分は嫌いという、ものすごく単純なナルシシズム。そのうえ、かっこいい、悪いの基準も、通俗的なステレオタイプの域を出ない。しかし、というか、そのうえかっこ悪いところを笑ってもらうというのが鶴太郎のお笑い時代の基本スタイルだったのだから、お笑いのフィールドに生きる限り「成功」と「ナルシシズムの満足」は両立し得ないのである。だから一刻も早くフィールドを変えたかったのだろう。

鶴太郎は自分の思う「かっこいい」を、もう何の遠慮もなくつき進む。他人が「ちょっと違うんじゃない」などと言っても耳を貸さない。耳を貸さずにつき進むこともまたかっこいいことだから。さよなら鶴太郎。

長嶋一茂

「（君は）南国育ちか。ボクは温室育ちなんだ」

1993年5月某日（忘れました）
報道陣の中に、妙に厚着をしている女性記者を見つけ、
厚着の理由を尋ねる。
記者の「九州出身だから」という答えを受けて。

長嶋一茂のおもしろいところは「何をどれくらいまで考えているのか」が見当つかないことである。

思い出すのは、確かヤクルトに入団した年、「プロ野球ニュース」に出演したときのことだ。そのインタビューは、かなり力の入った企画で、一茂の独白という形式をとったものだった。

そのなかで、話の前後は忘れたが、結構唐突な感じで、一茂は「うちの父も野球をやってたんですけども――」と言い放ったのである。全国民が間髪《かんはつ》をいれずに「知ってるよ」とツッコむ声が聞こえたような気がした。

一茂は何のてらいもなく、まるで「うちの父も鼻にホクロがあるんですけど」とか、「うちの父は銀行員なんです」という調子でいったのである。私はこのとき、長嶋一茂の底知れぬ「見当のつかなさ」を感じ、背筋がぞっとしたものである（ウソ）。

その後、ヤクルト時代の一茂は、ほぼ「うちの父親」発言の味そのままであったと思う。池山にスパイク隠されて「やめろよー、いけやまー」って本気で怒ったりしているところなど、「うちの父も野球やってたんですけど」というタイトルで短編映画にしたいくらいであった。

ここまでは「どこまで無自覚なのか」見当のつかなかった一茂であるが、突然違う顔を見せることになる。巨人へのトレードが決まったときである。あのトレード発表後の記者会見で、一茂はものすごく不機嫌だった。あからさまにふてくされていた。記者団との質疑応答にも、最低限の予定調和さえ受け入れないダダイズムを感じた。

でも、私はこれを見たとき、一茂が至極マトモであることに共感した。と同時に見当つかないながらも「のほほん」ということで統一されているのではと予測していた一茂に「マトモ」を見てしまい、よりいっそう見当つかなくなった。

小和田雅子さんが皇太子妃に決まった後、それに関していろんな人がいろんなことをいって(書いて)いたが、おもしろかったのがひとつある。「QA」(すでに廃刊)という雑誌に載っていたエッセーだ。「雅子さんが皇室に入ってやっていけるだろうかと心配するのは杞憂《きゆう》だ。雅子さんは元々〝普通ではない〟のだ。自分の父親が〝長〟として居る職場（外務省）に自ら望んで就職していく感覚は普通ではない。雅子さんは普通ではないから皇室に入り得るのだ」というような内容で（どなたが書いたか忘れました。すみません）、私はなるほどと膝をたたいたのである。

父親の配下で仕事をすると決まったとき、一茂は「のほほん」ではなく明らかに「嫌悪」の態度をとった。今年の一茂は違う、というフレーズは、この点を指してこそ使われるべきだった。

しかし、「ボクは温室育ちなんだ」か。何を考えていて、何を考えていないのか。やっぱり見当つかん。

斉藤由貴

「私という人は、毎度こんなふうになってしまうのかなという気持ちです」

1993年7月19日
川崎麻世との不倫が発覚しての記者会見にて。

いま、斉藤由貴のファンって一体だれだろう。ここでの「ファン」というのは、「女優としていまの日本映画界には貴重な存在だと認めている」とかいうのではなく、たとえば「理想の女性のタイプを芸能人でいうと？」という質問の回答に挙げられるという意味である。

デビューしたころの斉藤由貴は「女優としてうんぬん」という「意義」よりも、そういった生理的な「ファン」の多さで存在していた。

しかし、その後、気がつくと斉藤由貴は大変なことになっていたのである。大変というのは、別に尾崎豊との不倫が発覚したとかいう瑣末《さまつ》な現象を指すのではなく、彼女の持つ「意味」がガラリと変わっていたことを指している。

こうゆう言い方はどうかとも思うのだが、「目がイッてしまっている人」になっていたのである。

今回の記者会見でも、斉藤由貴は終始「イッた目」をしていた。何か質問をされると、斉藤由貴は視線を虚空にさまよわせたまま、十秒くらい黙っていて（これはテレビとしては尋常ではない長さである）、どことなくポエジーな言葉つきの答えを「イッた目のまま」発するのだ。

今回の川崎麻世との不倫騒動で、斉藤由貴は「魔性の女」と呼ばれることになったらしい。私が感じている斉藤由貴の意味と、週刊誌やスポーツ紙の見出しにおどるこの「魔性の女」は全然違うのだが、しかし世間にいる、斉藤由貴をデビュー当時の延長線上の単なる「お年頃」の女のコとしか認識していない人たちに、「斉藤由貴はちょっと違う」ということを知らしめることにはなった。

でも「魔性の女」ってのはどうかと思うけど。

芝居の役を演じたときに、〃人が変わる〃〃何かが憑《つ》く〃〃トランス状態になる〃というようなことを、特に舞台役者においては「天賦の才」と尊ぶようである。斉藤由貴の目のイキかたは、この「舞台女優のトランス状態」に最も近いと思われる。それは、斉藤由貴が日常生活でも常に演技をしているという意味ではない。それだったら、川崎麻世のほうが芝居がかっていたし、あのテのものは芸能人によく見られる習性と言ってもいい。

31

斉藤由貴の目のイキ方はそうゆう職業病のレベルではなく、もっと大変なものだ。何つったらいいのか、自己を過剰に認識するあまりに、とでも言おうか。それは演劇部の女子高生なんかにもたまにいるタイプである。技術がないから臭い新劇じみた表現になってしまったりするのと同じように、斉藤由貴も器量がない（比較的地味なルックスである）から目にばっかり出ちゃうんだろう。ま、とにかく斉藤由貴は変だ。変でいいなら構わないが、もし戻りたいのなら、まず詩を書くことを控えてみてはどうか。自分を見つめる時間を減らすといいと思う。

＊信仰を同じくする男性と結婚。いろんな意味で、良かったと思う。でもまだ詩は書いているらしい。

前田忠明

「(マッチは、結婚が)決まったら僕に最初に教える、と約束してくれてますんで」

1993年9月24日
フジテレビ系「おはよう!ナイスデイ」にて。
某スポーツ紙の「マッチ11月に結婚」という
スクープ記事に対して、ガセネタだと断言。

しかし「芸能デスク」とは何だろうか。リポーターの親玉みたいなものか。前田忠明はフジテレビの社員なんだろうか。公式の役職なのか。前田の詳しいプロフィールなど知りたくもないけど。

これだけ芸能リポーターがいると、ヒエラルキーみたいなものもできあがるだろうし、そうなると「芸能リポーター界」というものも形成されるだろう。世の中にはいろんな「○○界」があるが、いちばんどうでもいい「界」である。

むかし、「業界ブーム」というのがあった。業界というのはマスコミ業界のことで、とくに「テレビ」と「広告」がその中心だった。素人がテレビや広告の「事情」や「都合」を理解し、業界用語も浸透した。それは、ある意味では学習による成果ともいえなくはないが、弊害もある。それは一言でいえば、部内者と部外者の馴れ合いである。得意顔で業界通ぶる素人も素人だが、それをあて込んで開き直る業界も業界である。

で、最近とみにその「業界内事情」のイヤなチラつかせ方を見せるのが「芸能リポーター界」である。あんたらの事情なんか知ったこっちゃないのに、

「リポーター界」の物語性みたいなものの存在を前提として、こっちへなついてくる感じだ。

「大物芸能リポーター、日本テレビからテレビ朝日へ引き抜き!」とか、どうでもいいよ、本当に。リポーター界の中では大事件かもしれないけど、それを一般人にもニュースとして伝えるだけのバリューがあると判断するのは間違っている。大物芸能リポーターって、なんか逆説的なギャグみたい。正義感あふれる泥棒とか。

日本一どうでもいい業界の「芸能リポーター界」をわがもの顔にさせている原因は、テレビと彼らの大義名分であるところの「正義」(もしくは「報道の権利」)である。彼らはいつも「自分はたいしたことをバリバリやっている」という顔をしている。生き生きしていることが、こんなにも人を辟易《へきえき》させることもあるのだから、芸能リポーターは不思議である。

先日の逸見政孝がん告白会見であるが、確かにすごい会見であった。逸見さんが立派だということに、口をさしはさむ気はない。でも、なぜあのようなことをしなければならなかったのかを考えるべきだろう。ああしなければ、芸能リポーターに殺されるかもしれなかったからではないのか。あいつらは病院に、病室に上がり込んでくるかもしれない。そうやって「リポート」することは、彼らの中では「正義」たりうるからだ。あの記者会見は、芸能リポーターの大きくズレた「正義」と「常識」のものさしを、社会の平均値に引き戻すためのものだったと私は思っている。

最後に、マッチは前田忠明との約束なんか守らないほうがいいと思う。

＊そしてマッチは、前忠に無断で結婚したのでした。

曙

「優勝して当たり前だから──」

1993年11月21日
武蔵丸との優勝決定戦に勝ち優勝を決めた直後、
支度部屋でのインタビューに答えて。

数年前に、左右にスピーカーがついたテレビに買い替えた時、それまでのボロテレビとの音の違いに驚いた。

なかでもいちばん驚いたのは相撲中継の臨場感である。現場のテンションの細かな変化まで、「テレビじゃわかんないかもしれないけど、現場では——」というのがあり得ないぐらい、全部聞こえる。

そうして相撲をテレビで見ていると、幕内力士の人気順位なんかも査定できる。かなり微妙なところまで。

で、この微妙なところまで聞き取れてしまうことで露《あらわ》になっているのが、「結局は外国人力士が嫌い」という観客の心情ではないかと思うのだ。九州場所千秋楽、曙vs.武蔵丸の優勝決定戦の、あのシラけ加減は、うちの二つのスピーカーから確かに私に伝わってきた。曙は偉い、立派だ、いいお相撲さんだ、ということが前提としてあるだけに、あの「シラけ」は救いようがないとも言える。

前に、若貴兄弟と曙が三ツ巴になって曙が圧勝した時なんか、観客は「あーあ」といった。でもそのタメ息に悪気はないのである。隠し切れない「正直さ」なのだ。優しいけど、残酷。

この先も、たとえばかつての北の湖のような人気ヒールになることもむずかしいだろうから（なること、というよりも日本人が曙を悪役とすることがきっと無理）、状況は変わらないだろう。

しかし、相撲はまだ「外国人だからって曙を嫌うことはない」という建前があったうえでの、そんなこんなである。この建前というのは、日本人が大切にしていたものである。大切というといいことのように聞こえるが、それは「建前」という言葉に含まれる「思ってもねぇくせによ」というのも入れての話だ。この感じはすごく日本人っぽい。

でも最近、この建前のタガを外しつつあるのではないかと思う。F1から始まったともいわれる「とにかくニッポン」は、サッカーであんなもんになり、そのあと日本テレビでやってたバレーボールでもすごいことになってた。

少なくとも数年前までは、客はともかく実況のアナウンサーや解説者にとっては、「あー、惜しい」や「あっ、危ない」は失言だったはずだ。サッカーとバレーの国際試合に関しては、そのタガは完全に外れたと思う。

建前をかたくなに守るのと、本能のままに（日本人がニッポンを応援するのが本能かどうかも私は疑問だけど）、ひいきの引き倒しに走るのとどっちがいいのかはよくわからないが、「タガを外した」ということだけは自覚するべきだ。

だって今まで、オリンピックとかで「タガの概念」がもともとない国の、その徹底した自国びいきの様子を斜め下に見下して、敵国にも拍手を送ることでアイデンティティーを保ってきたんだから。

小耳はさまれ・オブ・ザ・イヤー 1994

（右ページ 上から下に）大橋巨泉／井上陽水／須田哲夫／小堺一機／立川俊之／悪魔くんの父／小倉智昭／橋田壽賀子／志茂田景樹／家田荘子／デーブ・スペクター／平松愛理／今陽子／水口義朗／大山倍達／生島ヒロシ／沢田雅美／研ナオコ／デーモン小暮　（左ページ）美輪明宏／浅香光代／杉山治夫／石坂浩二／宮路年雄／桂三枝／ジェフ・ニコルス／羽賀研二／ヒロミ／郷ひろみ／中山秀征／坪内ミキ子／岸田今日子／楠田枝里子／小柳ルミ子＆大澄賢也／川端健嗣／タイガー・J・シン／尾崎豊／玉置浩二／目黒正樹／山下真司／ウド鈴木／西川峰子／森田正光／羽田孜／上沼恵美子／玉置浩二／石橋貴明／塩田丸男／市原悦子

中山秀征

「いま考えれば〝よせばいいのに〟でも歌っとけばよかったかなと」

1994年7月26日　デパートガールとのラブホテル帰り事件の弁明ならびに岩井由紀子（ゆうゆ）との交際宣言を兼ねた記者会見にて。ホテルではカラオケをしていたと言い張る中山に選曲をきいた。

私は中山秀征が嫌いである。なまぬるいバラエティー番組全盛の状況が生んだスター。テレビを見ている私には全く関係のない「(芸能界内の)しがらみ・関係性・その他諸事情」のみでスムーズに回っているブラウン管の中の和気あいあい。中山秀征はこれらの象徴的存在だと私はとらえている。私がどう思おうが、ヒデちゃんはテレビに出るわけだがな。今日も明日もあさっても。

さて、そんな中山秀征が、だれとどうしようが全くどうでもいいのであるが、この記者会見の様子が気にかかったので取り上げた。

取材対象者をリポーターが取り囲み、双方立ったままで行われる略式の会見。これも、そういったありふれた会見だったのだが、ひとつ通常とは違うところがあったのだ。それは、リポーター陣の外側にいると思われる(中山サイドの)スタッフが、中山秀征の発言に対して笑い声をかぶせるのである。それはあからさまに作為的である。だって、中山秀征は笑いを取るほどおもしろい受け答えなんかひとつもしていないのだから。

この中山秀征の「(笑)つき記者会見」というのは、(笑)とバラエティー番組の関係を考えると、象徴的である。前出の「バラエティー番組の中山秀征的つまらなさ」の一端を担っているのが、この「(笑)つき」のシステムだからだ。

お笑いやバラエティー番組の中のお客の笑い声は効果音の意味を持つ。実際の観客による笑い声をはじめ、いわゆる笑い屋と呼ばれるプロによる笑い声、編集によってあとから笑い声だけをかぶせるなどの方法により、臨場感やグルーブなどを醸し出す効果を狙うのだろう。しかしいまや、のべつまくなし笑う客(例「笑っていいとも!」)、聞き慣れてしまった笑い屋の笑い声(例「三枝の愛ラブ!爆笑クリニック」)、伝統芸能のような様式美でしかない編集による笑い(例「ドリフ大爆笑」)にさしたる「効果」は期待できなくなり、それに代わってここ数年の主流となっているのが「現場スタッフの笑い声」である。

しかしたいしておもしろくもないことに過剰に反応するその(笑)は、現場の和気あいあいとした空気(内輪ウケということ)を伝える効果と、ここはおもしろいところ(のつもり)なんですよ、という合図の働きしかしない。おもしろいものを見せるのではなく、おもしろがっている様子を見せることで、おもしろいものが存在していると錯覚させようという仕組みは、まさになまぬるいバラエティー番組の醜態そのものである。

なまぬるバラエティーの申し子・中山秀征が、全くこの構造そのままの(笑)を記者会見に取り入れたことはさすがである。王道を行ってるよヒデちゃんは。

楠田枝里子

「全国の皆さんの声が届いたからこそ24時間走れたんですよね」

1994年8月21日　日本テレビ系
「24時間テレビ　愛は地球を救う」にて。
フィナーレ近く、24時間マラソンを完走して
感涙にむせぶダチョウ倶楽部にむかって。

みんな盛り上がって募金もたくさん集まれば、それはそれでいいではないかというのもあるかもしれないが、しかし「24時間テレビ」というものをテレビ番組として見てみると、やっぱり尋常じゃないというか、すごいと思う。「愛は地球を救う」というフレーズの甘いヒロイズムや正義の遂行の快感に無邪気に浸るため、といったら言いすぎだろうか。24時間は「泣けるいい話」で埋めつくされた。

私は思うのだが、この「24時間テレビ」には「泣かされたら負け」といった考え方が、どうもあるような気がする。どうかと思うところはいろいろあるけど、でも泣かされちゃったから——で口をつぐむのは間違いじゃないか。泣きながら「全然おもしろくなかった」と言ってもいいのに。涙ってそんなにたいそうなもんじゃないと思う。とはいっても、たとえばほかの感情の起伏が引き起こす現象(笑う、怒るなど)とくらべて、派手だし統一性があってわかりやすい。あと、意思でコントロールしにくいというのも「泣き」を特別視する原因だ。

受け手側に「泣いたら負け」みたいな考えがあるのだから、送り手側には「泣かせたら勝ち」という考えが発生してもおかしくはない。ま、勝ち負けの問題ではないわけで、「勝ち」「負け」という言葉で認識してはいないだろうが、しかしこの番組は「泣かせる」ことに何らかの効力があるということは、自覚していたはずだ。

障害に負けずに海を目指して川下り、富士山頂で働くお父さんに会いに行く、みんな力を合わせてギネスに挑戦、長なわ跳び、24時間マラソン……。ちゃちゃを入れるわけではないが、全部、成功しても失敗しても「泣ける」ことが確約されている。「泣かしたら勝ち」ならば、完璧「必勝策」である。

なかでも必殺必中が「24時間マラソン」だ。今年はダチョウ倶楽部が完走し、ものすごいエンディングの盛り上がりであった。みんな泣いていた。マラソンというもの自体「涙」体質の（日本人の好みに合わせてそうしたのかもしれないが）スポーツでもあるし。きっと来年も再来年も、もう「24時間テレビ」が続く限り継続すると思われる「24時間マラソン」。これは使おうと思えば使える。

逮捕された芸能人のみそぎとか、羽賀研二みたいな状態の芸能人のイメチェンに、劇的な効果を上げることは想像にかたくない。悪用されないことを望む。そんなこと言ってる根性曲がりは私だけか。

「24時間テレビ」が「泣けるいい話大会」に落ちついたのは理にかなっているのかもしれない。「涙」の確実性と即効性は、テレビ向きだ。

それはそうと、みんな声がかれたり顔がむくんだりのへろへろ状態だったのに、楠田枝里子だけ変わってないのが印象的だった。

小耳はさまれ・オブ・ザ・イヤー 1995

（右ページ 上から下に）萩花／きよ彦／大槻ケンヂ／間寛平／浜田雅功／国生さゆり／梨元勝／橋田壽賀子／中松義郎／タモリ／梅宮アンナ／つのだじろう／麻原彰晃／清水国明／関口宏／横山ノック／上祐史浩　（左ページ）明石家さんま／小室哲哉／滝本太郎／由美かおる／貴乃花光司／樹木希林／明石家さんま／増田明美／山瀬まみ／東ちづる／パンチョ伊東／植草克秀／瀬戸朝香／坪内ミキ子／伊藤芳朗／郷ひろみ／秋野暢子／大槻義彦／落合信子／市原悦子／桂文珍／高見恭子／梨元勝／櫻井よしこ／残間里江子／芦屋小雁／島田紳助／浅田美代子／佐藤充宏／山口敏夫

山瀬まみ

「いったい私の野望は いつ果たせるのでしょう」

1995年6月24日　TBS系「ブロードキャスター」
お父さんのためのワイドショー講座にて。
自分のやった記者会見が、あまりワイドショーで
取り上げられなかったことについて。

この「お父さんのためのワイドショー講座」というのは、一週間分のワイドショーネタを、オンエアされた時間の長さを基準に順位をつけるというもので、このコーナーの進行をつとめ、ワイドショー・ウォッチャー的な立場から多少の解説を加えるのが、山瀬まみだ。いちおう硬派な報道番組を標榜《ひょうぼう》する「ブロードキャスター」という番組にあって、〝息抜き〟とか〝華〟の役割を担っているとも考えられるコーナーである。

で、この週は進行役の山瀬まみ自身が「交際発覚」か何かで、いわゆるワイドショー狙いの記者会見を開いたのだが、あまり取り扱ってもらえずランクインできなかったという。

せっかく記者会見したのにと悔しがる山瀬まみをメーン司会の福留功男や三雲孝江が「今週は大きな事件（ハイジャック）があったから」などと口々になぐさめていた。

ワイドショーの主役になることがけっして「いい」とは限らないという当たり前をふまえての、半分はシャレのようなやりとりではあると思う。「自分の商品価値」に関する自己評価（つもり）と客観的評価（現実）のギャップの露呈は見苦しい。なかば役割としてこのギャップに嘆くことを演じてみせた山瀬まみを見苦しいとまでいってしまうのは酷なんだが。でも、少なくともこの番組の中での山瀬まみには、このギャップの露呈がかもす違和感があると私には思えてならない。

こうゆう、主観（自己評価）と客観のズレを考えるとき、いくつかのケースがある。ワイドショー的なところを例にとれば、本人（主観）とワイドショー（客観）の評価がズレているというのがある。記者会見をセッティングしたのにだれも来てくれなかった、というやつだ。ま、だれも来なかったら「だれも来なかった」ことも報道されないわけであるが。

最近でこの感じがよく出ていたのは太川陽介の結婚式だろう。本人はものすごく供給しているのに（夫婦でルイルイのポーズまでサービス）、必要な需要はちょっとだけなのだ。余剰供給分の存在が垣間見えるだけに悲しい。しかし、この悲しさこそが浮き沈みというものである。ある意味では正常な需要と供給の形といえる。

問題は本人と報道の価値観が統一されていて、それがこっちの価値観とズレているケースだ。これはむかつく。単純に言い表せば「なんでこんなの、ありがたがってんだ」というやつである。「西川峰子が語る恋の遍歴とヘアヌード」とかさ。どうでもいいよ。

そして、「ブロードキャスター」の中の山瀬まみは、この最後のパターンにはまっている気がする。たしかに番組のマスコットかもしれんが、それは「ブロードキャスター」が「審マスコット眼」において低偏差値だから通用するのだ。山瀬まみって、もうそうゆう役割の人ではない、と思う。

小耳はさまれ・オブ・ザ・イヤー 1996

（右ページ 上から下に）うつみ宮土理／おすぎ／ミミ萩原／岸部四郎／島田紳助／森光子／玉置浩二／木村拓哉／神田うの／水野晴郎／華原朋美／竹中直人／原辰徳／水島新太郎／西郷輝彦／川野太郎／渡辺満里奈／島崎和歌子
（左ページ）清水圭／長嶋一茂／赤坂泰彦／三田寛子／奈美悦子／藤田朋子／安藤和津／高樹沙耶／吉田拓郎／ピーコ／石田純一／小倉智昭／赤井英和／高田万由子／東ちづる／ケビン・コスナー／伊藤學／川島なお美／野村沙知代／古舘伊知郎／水前寺清子／ちはる／ガッツ石松／ヒロミ／森口博子／梨元勝／田中滋実／寺門ジモン／安室奈美恵／みのもんた

島田紳助

「今日は皆さん、本当のことを語ってくれるそうです」

1996年1月21日　TBS系「紳助＆アッコのスポーツ版
俺達はむかし不良だった」にて。
ボクシングの薬師寺やオリックスの仰木監督らが、
不良時代を語る番組。オープニングのあいさつのひとこと。

「オレも昔はワルくてさあ」

古今東西、おそらく何億人もの人間が口にしたセリフだろう。「近ごろの若い者はなっとらん」というセリフが何世紀も前の遺跡だか文献だかにも記されていた、という話を聞いたことがあるが、「昔不良だった」というのもこれに近いものがある。この二つを、世界二大決まり文句としてもいいように思う。どっちも酔った親父の繰り言のようでもあるのだが。

なぜ人は「昔不良だった」と言いたがるのか。本当に不良だった人がカミングアウトするというケースだけでなく、むしろ「全然不良じゃなかった」人が言う場合のほうが多いような気がする。嘘をついてまでも言いたいということか。いや、必ずしも「嘘」ではないのだ。ほんのささいな、自分以外はだれも覚えていない「悪さ（関西圏では〝やんちゃ〟と言うらしい）」を心の中で培養するうち、本当に「あのころは、けっこうワルかった」と思ってしまっているケースも多いだろう。果たせなかった夢を、思い出の中で達成しているのか。そんなに不良になりたかったのだろうか。

そう、日本人は（と大きく出てみたが）不良好きだ。とくに実害のない「不良」は好きだ。自分の息子が不良だとか、隣の不良のところに毎晩バイクが三十台集まってうるさい、ということになれば話は別だが。となると、遠巻きに見る安全が完璧に保証されているのだから、メディア（テレビ）の中の不良はもちろん好きである。そのうえ、不良と同じくらい「ちゃんとした人、立派な人」も好きなので、「元不良」というのは大大大好きということになる。

しかし、いくつか条件があって、「チーマー」系はまだ受け入れられていない。元チーマーと噂されている東幹久や真木蔵人の「元不良」性はお好みではないのである。若い女のコの場合も、スキャンダルにしかなりえないことがある。飯島直子などは、男性タレントと同様に完全なプラス材料にすることに成功しているが、まだ男性に比べてハンディがある。女の不良というと（あくまでもイメージだが）、どうしても「青い性」みたいなものと直結してしまうからか。男の不良が「やんちゃな暴れん坊」とかいって乾いた感じの「バカ」のイメージを漂わせるのに対し、女はもう一つ深刻な事態を想像させるから。んー、頑張れ瀬戸朝香。

いろいろあるが、世間が望む間尺に合わせた「元不良」性を有効に使うタレントは多い。完全にキャラクターの構成要素としてしまっている。またテレビって、元不良の昔話を語る場が多いのである。この番組は改めてそれを狙ったものだし、TBSで深夜にやってる「陣内&ヒロミのメンズな夜」は「オレは昔ワルかった」を語る番組といってもいい。あとヤンママ、ヤンパパの苦労話も大好きだしなあ。こんなにみんな好きなんだから、世の中から不良がいなくなるわけはない。

森 光子

「出会いから十二年、あのころから目をつけていました」

1996年1月31日　「森光子ディナーショー」にて。
新高輪プリンスホテルで行われた初のディナーショーには、マッチ、東山以下、ジャニーズ事務所のタレントがステージ上に雁首をそろえた。そのなか、恋人ヒガシとのやりとり。

なんか気持ち悪いなあと思う。いや、七十五歳のおばあさんと二十九歳の青年がつきあっている、ということが気持ち悪いのではない。あらゆる力を持つ老人と野心を持った若者の組み合わせはそんなに珍しいものではないし、どちらも見上げたもんであると思いはしても、べつに気持ち悪いなんて筋合いのものではない。何が気持ち悪いかというと、この「森光子・ヒガシ」ネタを扱うときのワイドショーの「半笑い」だ。

ワイドショーの原点でもある「○○と××がつきあっている」ネタの取り扱い方には、ワイドショーが自ら創り出したいろんな「型」が伝統芸のように受け継がれている。二者間の交際、すなわち男女関係の有無を問いかける際の「言い回し」もその一つだ。「いいおつきあい」「結婚を前提とした交際」「いちばん大事な人ですか」といった、よく耳にする言い回しは、すべて「やってるんですか」と訳すことができる。要するに、待ち伏せして追いかけ回してマイク振り回して聞き出したいのは、「やってるか、やってないか」に尽きるということである。なんてお下品なお仕事でしょう。

全芸能人の「やってる、やってない」が表になって発表されたら、ワイドショーはなくなるかもしれない。とにかくワイドショーは「やってる、やってない」の鬼だから。トミーズ雅とAV嬢とか、松本明子と松村邦洋とか、ダンプ松本と黒田アーサーとか、やっててもやってなくても本当にどうでもいい物件まで追及するから。まさに鬼。求道精神。とほほ。

それほど仕事熱心なワイドショーが急に人格を変えるのが、「アツアツ森光子♡ヒガシ」ネタのときだ。「熱愛」とか「アツアツ」などの言葉を使いながら、ここだけは「そんな、やってるとかやってないとか下世話なことなどどうでもいいじゃないか」みたいなスタンスを、妙な「半笑い顔」で意思表示しているように見える。

べつに、二人がやってるか、やってないか知りたいわけではないが、「ヒガシ君の前では少女のような森さん」「年下の美少年に愛されるヒミツは?」「四十六歳の年の差なんて」などというふざけたフレーズで、気持ちの悪いコンセンサスができるのは変だ。だれか急に言わないか、「ところでお二人はやったの?」と。須藤甚一郎あたりどうだ、一世一代かけて言ってみては。ちょっと見直すかも。

いま思いついたのだが、この「森光子・ヒガシ、やってるかやってないか」(書いてて思うが、われながらお下劣だ)にオッズをつけてみると、その人の人間性のある面がわかるのではないか。「性善説」の人か「性悪説」の人かというあたりがわかるような気がする。さて、「七・三でやってる」とつけた人は、「性善・性悪」どっちでしょうか。

木村拓哉

「だてにキムタク
やってませんから」

1996年2月10日
フジテレビ系「BANG！BANG！BANG！」にて。
最終競技で絵にかいたような逆転勝ちを収めた
木村拓哉のひとこと。

いま、木村拓哉にこのセリフを言われたら、何も言い返せないということである。木村拓哉およびＳＭＡＰの人気は、従来のアイドルの人気と質を異にしているということになっているらしく、昨年の夏ごろからだろうか、一般紙誌といわれるようなところからやたらとコメント取材の電話がかかってきた。

生意気に聞こえたら申し訳ないが、私はコメント取材は断ることにしている。私は、しまいには「ＳＭＡＰを知らない」と嘘までついて断ってた。だって、「コメントは申し訳ないすけど断ってるんです」と言っても、「どうして？」とか聞いてくるし。説明すると時間がかかるのだ。噂とコメントでページを埋めるのはやめたらどうか。

あらゆるところであらゆる人に語られている木村拓哉およびＳＭＡＰなわけである。なかには「ＳＭＡＰ研究家」とか言って、どこにでも語っている某大学教授のおやじもいたっけ。でも、だれが何を語ってもまったく意味はない。アイドルへの対し方って、消費するかしないか（客になるかならないか）の二者択一しかないと思う。客（ファン）の輪の外で理屈を言ったり、またそれを聞いて理解した気になっても、そんな行為に意味はない。SMAPを通して時代を読む!なんつってもなあ。そんなのもっと真正面から読んだほうが正確だろうに。

でも、昔から「アイドルを(故意に)アカデミックな言葉で語る」ということはあった。松本伊代とか郷ひろみなんかが語られがちだった。が、当時のそれは「何を語っても不毛」ということを前提にした八〇年代ぽい遊びみたいなものだったような気がする。アイドルのアイデンティティーが「ゆるぎない無意識」にあるとされ、実際そうだったから。松本伊代、どんな深読みされたって何も影響受けなかったろう。

木村拓哉の「だてにキムタクやってませんから」という発言が、ここ最近の「語られまくるキムタク」の影響を受けているとは思わない。でも、いろんな人が語ったキムタク(SMAP)論を、この一言でくることはできる。そしてこのセリフはいま始まったものではなく、「アイドルはやめられない」と歌った小泉今日子以降出現した「アイドルをやってる」という概念の一つの表現にすぎない。

この時期に木村拓哉が言ったから話のネタにもなるが、ポッと出の新人でも最近は「アイドルやってる」と思ってるらしいから。そういえば、デビューすぐの辺見えみりが「アイドルを休もう」とか歌ってて、まだこっちがアイドルとも認めてないのに何言ってんだと腹が立った覚えがある。ま、余談ですが。

あと、「SMAPはなぜ年上の女性にも人気があるか」というのも、週刊誌が好んで語ったネタである。これってさ、「こんな年になってもSMAPに胸をときめかせている、そんな私が私は好き」ってことなのではないのか。おそらく。

神田うの

**「いいんです、知らなくて。
それをやれって言われたらやるけれど、
そんなのつまんないじゃないですか」**

「週刊プレイボーイ」1996年2月27日号
インタビュー「大人たちの建前倫理に異議あり！」にて。「家が厳しかったから、敬語なんか簡単に使える」と言ううのに、インタビュアーが、「でもそういう神田うのをみんな知らないよ」とツッこむ。

本当に、自分が敬語もソツなく使えるキチンとした人間であることを「いいんです、知らなくて」と思うのであれば、いっさい「キチンとしたところ」など見せるべきではないと思う。

とりあえず神田うののキャラクターを「非常識」としよう。しかし「非常識」を意識的に自分の役割と認識して振る舞っている常識ある私」を語るのは、「非常識」で稼いでいる限りは禁じ手のはずだ。わかっていながら「演じている」ことをエンターテインメントだと思っているなら大間違いだ。いわゆる舞台上の芸ではなく、ある程度の私生活をも含めた「芸能人としての芸能界の泳ぎ方」を見てもらうことで芸能が成り立っている現状を考えれば、「演じている」というネタばらしを墓の中まで持っていってこそ、エンターテインメントは成立するのではないのか。

いま、神田うのがテレビに出ている理由は「うのでーす」に代表される突飛で珍奇な言動にある。だから神田うのが画面でアップになる瞬間というのは、「うのでーす」と片手を上にあげて叫んだときや、とんちんかんなことをしゃべったときである。世間は神田うののの、そうゆう部分に対してカネを払っているのである。情けない話だが。

神田うのの仕事は「うのでーす」と叫ぶことだ。いや叫べばいいということでもない。「うのでーす」な人間でいることが仕事、と言ったほうがいい。「うのでーす」は芸ではなくてキャラクターである。キャラクターを消費されているタレントは、せめてそのキャラクターだけでも貫いてもらわないと。消費者の目の届く範囲では。だから「演じてやってるの」なんて発言は背徳行為である。

でも、神田うのに限らず「本当の自分」を語りたがる人は多い。「本当の自分を知ってもらいたい」というフレーズって、いろんなTPOで何回も聞いちゃってるせいで、もはや形骸化してて、意味すら考える気がなくなってるわけである。ツブシの利くというか、万能なフレーズにも思えるが、はたしてそうか。「本当の自分」に商品価値があるのか。本当の自分というまったくの「素」で勝負したいということなのだから、これはかなりの自信である。どれほどのもんか見せてもらいたい気もする。その「本当の自分」て。

こういった理屈もあるけど、何より「テレビの私って、アレ知っててやってるのよ」って言うこと自体、すごくカッコ悪いと思うんだが。「わかってくれる人だけわかってくれれば」というのを、みんなに聞こえるように言うのも同じようにカッコ悪い。でもなぜか「隠している本当の自分」をアピールしたがるんである。それをいっさいしないタレントって飯島愛くらいしか思い浮かばない。

私には「うのでーす」と叫ぶ神田うのを、芸能界の一風景として認めるくらいの度量はあるけど、それ以上の「本当の神田うの」を消費する気はない。

島崎和歌子

「やっぱり女のコは ああじゃなくちゃなあ」

1996年5月4日
日本テレビ系「THE 夜もヒッパレ」にて。
歌い終えて戻ってきた三浦理恵子の見事なまでの
かわいこちゃんぶりに、感心したようにつぶやく。

同い年、同じようにアイドル歌手としてデビュー、現在のポジションはいわゆるタレントと、こうして見ると島崎和歌子と三浦理恵子はかなり似た芸能生活を歩んできたといえる。注意力の足りない人にはきっと「仲間」に見えることだろう。いや、星の数ほどもある芸能人の「あり方」のなかでは、この二人を同類項にくくってしまうのも正解かもしれない。

しかし、島崎和歌子と三浦理恵子はまったく違う。これだけ共通する道を歩みながら、存在の仕方が違う。どうにもパッとしないアイドル出身のタレントというポジショニングは同じでありながらも、存在の意味がまったく違うのである。

若い女性タレントは、その存在価値を、芸能に関する能力や仕事の成果のほかに、セクシュアルの供給能力でも測られる。その女性歌手の歌をいいとは思わないけどタイプだから好きとか、演技はヘタだと思うけどあの女優とやってみたいというのも存在価値にカウントされる。これは若い女性タレントに限ったことではなく、若い男性タレントにも、若くないタレントにも当てはまることてはあるが。歌や演技がどうのという能力に対する評価をエトスとしたら、こうゆう感情の部分はパトスといえるかもしれない。エトスとパトスで人気は決まる。

三浦理恵子は、そういったセクシュアルの供給というかパトスの受け皿として、間違いなく天才である。日本屈指の「女のプロ」(©町山広美)だ。三浦理恵子にイカれひざまずく男を何人《なんぴと》も責めることはできない。相手は天才なのだから。ま、ひざまずくかどうか知らないけど。私も彼女が天才であることに気づく前は、あの猫よりキャットなキャットボイスっつうんですか、あれで歌ってるとこなんか後ろからケツでも蹴り上げてやりたい衝動に駆られたこともあったが、今はもうとんでもない。バチが当たるっす。

私はただ、三浦理恵子が己のその天才をどう「上がらせる」かを見届けられるだけで幸せである。ケチな青年実業家だの歯医者だのサッカー選手だのと結婚引退じゃ納得できん。そんなのは三井ゆりとかあのへんの雑魚に任せておけばいい。天才にふさわしい上がりは何だろう。アラブの石油王から油田を五個もらったのにサンキューの一言で終わったとかいうのはどうだろうか。そして、日本の石油市場を陰で動かすフィクサーになるのだ。何か違うなあ。わからん。

一方、島崎和歌子。この人はまた逆に、べつだん何の理由もないのにそうゆうステージを降りてしまっているのである。二十三歳だし、顔だってそこそこかわいいのに、「理想のタイプ」の項目に「名前があがらない」ジャンルの住人になってしまった。決定的な原因があるとも、本人が「降りる」と宣言したわけでもないのに。二の腕が太いからというだけでは説明はつくまい。不思議ではある。

三田寛子

「あいざき進也さん、
なつかしいですねえ」

1996年6月3日　フジテレビ系「ビッグトゥデイ」にて。
懐かしのスターは今、一発屋編でリポートされた
あいざき進也のVTRを見たあと、コメントする。

　ワイドショーに多くを望むわけではないが、ちゃんとしてほしいものである。このご時世、「ちゃんと」と言うと、メディアの倫理観とか報道機関としての問題意識なんてのを指していると思われがちだが、そうではない。いや、それはそれで当然ちゃんとしてもらいたくはあるが。でも、ある意味、ちゃんとしないと大変なことになるようなことに関しては、よっぽどのバカでない限り、ヘタなことはしないだろうという状況になっているともいえるわけだ。

　そしてこの「ヘタなこと」をどうやって回避していくのかというと、理解力や種々の見識といった能力の向上、倫理観や問題意識の見直しなどで対処しようというのではなく、どうもあんまりヤバそうなネタにはもうツッこむのやめとこうという感じだ。「ビッグトゥデイ」、なごみネタ多すぎるぞ。でもまあ、それだったらそれでいいのである。そうやって役割分担を明確にするのも対策の方法だ。

　ちゃんとしなくても怒られないネタをバカにするのはやめろということである。この日の「あの人は今」的な企画がそうである。企画自体の百番煎じも情けないが、内容のお粗末なこと。追跡リポート（と自分たちでは言ってた）された〝懐かしのスター〟は、あいざき進也、黒沢博（元ヒロシ&キーボー）、さいたまんぞう、藤正樹、矢沢透（元アリスのドラマー）など。これ、一人残らず全員、他のテレビや雑誌の同種企画で繰り返し探され尽くしたネタである。どうしてこうゆうぬるいことして平気なのかな。たしかにこんなネタで、どんなに不誠実でひきようなパクリをしたって、TBS「スーパーワイド」みたいに詰め腹切らされたりすることも絶対にない。

くだらないことにもクオリティーがあるのである。難しい（硬い、重い、ヤバい）ネタから、扱いきる自信がないと手を引くのなら、くだらないネタについても「出来ない」時は手を引くべきだろう。妙に張り切っておどけたリポーターやギャグらしきものを織り込んだナレーション。倫理観のなさは断罪されるが、センスのなさは罪にすらならない。

最後に三田寛子。中村橋之助夫人となった今、三田寛子は絶対的安全地帯にいるのだ。どんな人気タレントでも宿命として受け入れねばならない浮き沈みを免除されている。その証拠の一つとして、アイドル時代ならば決してあり得ない眼鏡をかけたままの姿でテレビに出演していることがあげられる。

眼鏡は「私は人気歌舞伎役者の妻、という意味でテレビに出ている」という記号なのだ。完全な「上がり」の状態。もうどんな目が出ても「振り出しに戻る」なんてことにはならない安全地帯。サイコロ振ることももうないところにいるのだ。だからこその、このコメント。ただのタレント続けてたら自分も、なんてことは頭のスミもよぎらない。それが人生の勝者の理論ってことである。

高樹沙耶

「私、仕事嫌いなんですよ。だからお休みたっぷりとって――」

1996年7月3日　フジテレビ系「笑っていいとも！」テレフォンショッキングにて。
趣味だというスキューバダイビングの話で、今後のバカンスについて語る。

「女優」なんていう世間一般には「憧れの的」とされる仕事を嫌々やっているのである。カッコいいーっ！　嫌ならやめればいいのに、なんて言うな。それは言いっこなしだ。

「嫌々」という態度はカッコいいんである。特に中学生ぐらいまでのバカなときは、自意識過剰も手伝って「嫌々」を装うことは多い。嫌々クラス委員をやらされるなんてのは、身震いするほど自分に惚れ惚れするシチュエーションである。

「けんかをやめて」なんつう歌もコレだな。私のために争わないでもうこれ以上なんちて困ってるわけだから。本当にケンカやめたらがっかりしたりするんだ、この女。あと「友達のオーディションについて来たら私のほうが合格してしまった」という芸能界入りの弁がいまだ有効なのも、これに関係あると思われる。

　話を戻すが、そうかあ高樹沙耶かあ。私はこれまで高樹沙耶という人のことを一度も考えたことがなかった。全く何の興味もそそられないから。私はこうゆう原稿を書いていることもあって、テレビに出ている人に関して不必要なことまで考えたりするのだが、そんな私の数少ない「考えたことのない人」だ。ほかに「考えたことのない人」を挙げれば——と挙げようとしたが、思い浮かぶのは何かしら考えたことがある人ばかり。認識の薄いエリアに限定して精神を集中してみるのだが、ぼんやり浮かんでくる人物の顔のあとにすぐ以前考えた事柄が続いて浮かんでくる。で、やっと思いついたのが五大路子。私は五大路子のことも確かにいままで考えたことがなかった。五大路子には申し訳ないが。

そんな五大路子と同じくらい考えたことのない高樹沙耶なのだが、初めて考えさせられる問題が「高樹沙耶は女優業を嫌っている」という深遠な問題なわけである。いろんなことを考えさせられるな。「テレフォンショッキング」という超メジャーな場で高樹沙耶がこの発言をすることの意味。

公の場で宣言することで、どんな力作用を期待しているのだろうか。仕事が減ることか、嫌々女優をやってるなんてうらやましいという世間からの視線か。

だれに対して言いたかったのか、事務所か視聴者か、はたまたタモリへか。でもたぶん、今後の私がいちばん考えてしまうであろうのは「高樹沙耶の『気がつけばキャスティングされている』謎」かもしれない。「無難」ということの強さ、というか「可もなく不可もなし」なモノによって世の中は回っているということを高樹沙耶を通して考えたい。

しかし、仕事が本当に嫌いならしようがないけど、やめる気がないならいろいろ状況を読むべきだ。さっき「言いっこなし」とは言ったが、高樹沙耶が「仕事嫌いなんです」と言うのなら、少なくとも私は間髪《かんはつ》をいれずに「じゃあやめれば」と言わせてもらうが。

某アナウンサー

「アトランタの石田さ―――ん」

1996年7月18日　TBSのオリンピック番組にて。
日本のスタジオからアトランタの石田純一に呼びかける。

この号が出るころはどうか知らないが、オリンピック真っ最中である。いろんなチャンネルで、いろんなふうにオリンピックをやっている。いろんな人が「オリンピック・キャスター」なんて名乗って、たいして知りもしない競技を語り倒しているようだ。池谷の出現以来、とんと出番のなかった森末も、さすがにオリンピックとなると出てくる。十二年に一度のサル年になるとてんてこまいだというマルセ太郎状態か。あと鈴木大地。ちゃんと出てくるねえ。それに柔道の山口香。実況アナウンサーより喋りがうまい。滑舌、発声、言葉づかい、そして解説内容も完璧。すごいな。それに比べて伊藤みどり。喋れない、間が悪い、絵ヅラ持たない。そのうえ夏のスポーツのことなんか知りやしない。使うな。

四年に一度のビッグイベントで入れ込む気持ちはわからんでもないが、それにしてもやりすぎだろう。それも、ちょっと妙な方向へ。

TBSのオリンピック中継番組のキャッチコピーが、その妙な方向を如実に表している。

「感動まっしぐら'96アトランタ」がそれだ。国の代表としてとか、日の丸を背負ってという対オリンピック観の暑苦しさが疎まれるようになってきたのはかなり前からのことではあるが、何せ四年に一度のことである。それに代わる姿勢の決定が棚上げされたままであった。しかし今回、なぜか足並み揃って決定してしまった。新たなる合言葉は「感動」である。

感動させてくれ、とあけすけに叫び始めた。さらに言えば、選手側のこれまた足並みを揃えた「オリンピックを楽しみたい」というコメントと、何か見事にリンクしている。開会式のあと、何人もの選手やリポーターが「鳥肌が立った」という同じ言葉を使って感動していたのは、不思議というか不気味ですらあった。

「感動させてくれ」と「オリンピックを楽しみたい」は、はたして嚙み合うのだろうか。とりあえず、テレビはこの二つをスムーズに嚙み合う「送」と「受」にしようと一生懸命である。しかしやってることはちぐはぐ。選手の実家にカメラを入れたり、どんな結果（戦績）が来ても成立する物語をあらかじめ勝手に作っておく(そんな〝直前特番〟がいっぱいあった)なんてのは、「感動」に保険をかけてるみたいである。「感動させて」という受け身の謙虚さのすぐ裏に、すごいエゴが見える。感動なんて無理やりに家捜しして持って来るようなもんじゃないだろうに。

この「感動させて」と「楽しみたい」にそれぞれ足並みを揃わせたひとつの原因に野茂がある。野茂はまさに「楽しん」で「感動させ」た前例を作ってしまったからだ。しかし「感動まっしぐら」なんていう確信犯に野茂のときの「解放」感は皆無だ。「感動」も「楽しむ」も新しい抑圧にしか思えないが。

某財界人

「昔『お笑いマンガ道場』に出てたくせに偉そうにすんな！」

発言日不明
1996年9月18日付「東京スポーツ」にて報道。
川島なお美の態度に怒ったある財界人が、
川島に向かって浴びせた罵声、だそうだ。

私は、最近とみに川島なお美から目が離せないでいる。もちろん好きなわけではないし、どちらかといえば見るのも嫌なはずなのに見てしまう。そして、見るたびに「カンベンしてくれー」と思うのだ。そんな思いまでして、何故《なにゆえ》私は川島なお美を見るのだろうか。川島なお美の何を見極めようとしているのか。わからねっす、自分でも。

川島なお美が「なおみ」の「み」の字だけを漢字の「美」にしていることについてじっくり考えてみたりすると、なんともいえない嫌な気持ちになったりする。勝手になってるわけだが。ま、こうやって私は川島なお美を味わっているわけである。私としてはギリギリの悪食だ。西川峰子までいってしまったら、ちょっと降参だが。

で、そんな私の気持ちを見透かすかのようにこんなネタが報道されたのである。「東京スポーツ」をニュースソースとするのはいささか卑怯で、私としてもなるべく禁じ手としたくはあるのだが。

川島なお美は青年実業家や大地主の息子など玉の輿《こし》を狙っての見合いを次々

と重ねているというところから東スポ報道は始まる。某財界人の紹介で、九州の〝いいとこ〟の息子と見合いすることになり、気合を入れて約束の場所に行ったところ、だれもいない。いくら待ってもだれも来ないので、その財界人に電話をしたところ「忘れとった」の返事。なお美は「私をないがしろにする人は初めてよ」と、電話口で財界人に激怒したという。最初は平謝りだった財界人もしまいにはキレて、「お前なんか、昔、『お笑いマンガ道場』に出てたくせに、偉そうにするんじゃやない！」発言に至ったらしい。

いつもながら「見てたのか」と言いたくなる東スポの場面描写である。事実であるかどうかは別として、話としての臨場感を生んでいるのは、ラストの財界人のキメぜりふもさることながら、なお美の「私をないがしろにする人は初めてよ」のひとことであろう。このひとことが入ったおかげで、「マンガ道場に出てたくせに」発言の効果が数倍にアップするのである。

いま現在、公私ともに（知らないけど）必要以上に絶好調の川島なお美をへこますのは至難の業である。ちょっとやそっとのことでは、あの毒（ポワゾン、と読むことでひとつよしなに）になんの解毒作用もない。「お笑いマンガ道場に出てたくせに」は、現在のなお美をへこませる唯一無二のタームではないのか。それを、千載一遇のチャンスに言い放った某財界人。敵に回したくない人物である。

いろいろあるが、とりあえず気合の見合い装備に身を包んだ川島なお美が、待ちぼうけをくらったホテルのロビーかなんかから某財界人に電話し、受話器の向こうから響く「お笑いマンガ道場に出てたくせに」の罵声にうつろな目で立ちすくむ、噛みしめるくらいに味わってもらいたいのはその図である。ドラマのシーンのようだ。どんなドラマだ。

「ルックルックこんにちは」リポーター

「水前寺さんのお宅を二階まで見せていただいたのはルックルックが初めてなんですよ」

1996年10月10日
51歳の誕生パーティーを、自宅で盛大に開いた水前寺清子。
その模様を取材するついでに、豪邸拝見。

私は水前寺清子の結婚式中継番組を録画したビデオを保存してある。録画したとき以来一度も堪能していないし、この先堪能する機会は一生訪れないかもしれないが、「いつでもチータの結婚式を見られる」という事実は人生にとって何らかの後ろ盾になるように思う。何の、かはわからない。

きっと昔から、芸能人の素顔を垣間見ることを世間は喜んだのだと思う。そしてそれは今でもそうである。「素顔」とか「本音」に対する絶対的な信仰はだんだん強固になってもいる。私は、つまらない実像を垣間見ることなど、特に芸能界においてはハナクソより意味がないと思う。つまらない実像よりも心躍る虚像を、と思ってみても、すでに虚像すら消失しているような気もするが。

しかし、「チータ的虚像」はどっこいまだ生きている。とりあえず今の世の中では安全地帯であるカジュアルとか自然体というところと正反対の座標にチータ的なものは位置するのだ。チータ的世界には、すでに「虚像」「実像」という概念は存在しないと言ったほうがいいかもしれない。虚も実も裏も表も、結局チータだからだ。こう書くと、あたかも「自然体」と同じような構造を呈するが（「どんなときもアタシはアタシよ」てな今井美樹、江角マキコ系）、たとえ構造は同じでも表出する現実が正反対なのである。まさに、チータ・マジック。

たとえば、この誕生パーティー。数十人にも及ぶ客人を自宅に招いてのホームパーティーだ。これは広い家と経済力がなければできない、非庶民的行為である。そしてその「非庶民性」は「お金持ち」「ハイソな感じ」と同義であるはずだ。しかし、チータ邸の広いリビングで繰り広げられていたデラックスなホームパーティーのどこにも「ハイソ」の要素はなかった。なんかさ、どっちかっていうと三日三晩ぶっ通しでやる田舎の祝言に近い感じ。

チータを含むチータ系の芸能人には、何をやっても「意外」とか「ガラにもない」という感想を抱かせない人がいる。それは本来なら不釣り合いな事象（たとえばチータとホームパーティー、のような）をも、自分の色というか、におい に染めてしまうからではないだろうか。

チータは、ガラにもないワイドショーのキャスターを引き受けた。自分自身が芸能というものの真ん中に肩までつかっているチータが、芸能を報道することは不可能だろうと思った。しかし、チータはチータのまま「キャスター」を遂行している。そのかわり「ワイド!スクランブル」という番組は、妙なことになっている。番組がチータくさい。

あと、チータは番組内企画で五十にして運転免許を取った。チータに免許。これまた不似合い。しかしチータは、無事手にした免許証をカメラに突き出し、泣きながら「全国のおかあさん、チータでも免許が取れたんです」と叫んだ。これも見事なまでにチータくさい。

森口博子

「もう少しいさせてぇ」

1996年11月6日　フジテレビ系「笑っていいとも！」にて。
ヒロミのツッこみに対して「やめてやる」と返したものの、
その後、小さい声で自分をフォロー。

うるさいとか目障りだという段階ではないのである。もう何か痛々しいとすら思えるのが森口博子だ。とにかく頑張り屋さんだ。確かに「頑張る」ということはすばらしいことであるが、森口博子の「頑張る」は、もうひとつ複雑である。頑張ることが何かの目標を達成するための手段ではなく、頑張ること自体が目標なのだ。頑張っているところを見てもらうことで成立するという存在のしかたをしているのである。

それがよく表れていると思うのは、NHK「ポップジャム」での司会ぶりだ。森口博子は、ここ数年連続して「紅白歌合戦」に出場しているが、その選考理由はこの仕事によるNHKへの貢献であることは明白である。「紅白」つったってNHKの番組なんだから、全出場歌手をNHKへの貢献度で決めたってかまわないし、最近ではNHKがやってる「新人歌謡コンテスト」の優勝賞品が「紅白出場権」だったりもするわけだから。

しかし、国民的番組と言われていたころの影響だろうか、「なんで売れてもいないのに出るんだ」と反射的に思ってしまう。NHKの番組の司会を務めてるから出られる、というのはどこか「見返り」とか「取引」という卑怯を感じるのだ。

しかし、森口博子は違う。一度でもその「ポップジャム」を見たことがある人ならわかると思うが、森口博子は尋常ならざる頑張りの熱量を消費しているのである。この番組はJポップ系のバンドをメーンとした歌番組で、会場のNHKホールには数千人の中高生が押しかけ、のべつ「キャーキャー」叫んでいる。現存する唯一の「ステージ上の音が歓声で聞こえなくなる」歌番組である。

この状況のなかで、森口博子はだれも聞いちゃいないMCをしゃべり、だれも見ちゃいないけど笑顔を絶やさず、だれも気づかずだれもツッこんでくれなくても、つまらないギャグを織り込んだりして、番組を進めるのだ。ステージ上にいる芸能人にとって、だれからも見られていないということのつらさ。その不幸を包み隠さず見せることは、そのまま目的なき頑張りの体現にほかならない。

「笑っていいとも！」も同じである。ステージ上で森口博子はタモリやヒロミそのご機嫌をうかがうかのように、けなげに頑張っている。でもその頑張りにそれ以上の意味はない。くしくも（というか必然かも）あの客席から飛ぶ「モリグチ、ガンバレー」の声と「頑張り」が連動した瞬間に消える感じだ。需要と供給が完結した、とも言える。

一生懸命に頑張れば願いはかなう、はヒット曲の歌詞のせいか、このところ流行の思想である。前向きで結構なことであるが、流行の発端の「愛は勝つ」という曲のうすら怖さと、頑張りの権化とも呼んでいい森口博子の痛々しさは似ている。でも森口博子、頑張らなくなったら死ぬんだろうな。泳ぐのやめたら死ぬサメみたいに。

寺門ジモン

「今日は、笑いを捨てて頑張りました」

1996年11月23日　TBS系「筋肉番付」にて。
宮川一朗太と腹筋、背筋、腕立て伏せを競い、
圧勝してのコメント。

寺門ジモン（ダチョウ倶楽部）は、本当にすごいカラダをしていた。挑戦した腹筋、背筋（上体そらし）、腕立て伏せ競争も、記録的な好成績だったという。かなり鍛えているらしい。その肉体を誇示するためハナから上半身裸で登場したジモンは、「今日はコメディアンではなく、スポーツマンとしてやってきた」と宣言。その宣言のとおり、いっさい笑いをとる気配も見せず、シャレにならんほどのマジメぶりに徹していた。大丈夫か、ジモン。私はこの「寺門ジモン・筋肉番付デビュー」というのは「寺門ジモン・マッチョ解禁」という意味のメモリアルデーになるような気がする。なんで私はこんなに真剣に寺門ジモンのことを考えているんだか。

ダチョウ倶楽部を見ていると、ジモンはどうしても三番目に見える。最近、トリオというのがあまりいないのでよくわからないのだが、コンビの基本がボケとツッこみであるように、三人組にも基本形態があるはずだ。おそらく大ボケ、中ボケ、ツッこみというのがスタンダードなんだろうと思う。しかし、ダチョウ倶楽部の場合は、ダチョウという集合体自体が「ボケ」という人格を持ってしまっている。これは、ありそうでめったにないケースだ。こうなった理由について考えると、また長くなってしまうのでやめるが、一つだけ挙げておくと、あの「聞いてないよー」から始まった三人ユニゾン（っていうのか）のギャグも一因だ。完全な集団行動である。「数」としてこのときのダチョウは「三」ではなく「一」なのだ。

最近は、どちらかというと個人優先の風潮である。テレビ的には、たとえば「キャイ〜ン」よりウド鈴木が先にあるし、「男同志」より江頭2：50の認知度が高い。「バラ」ということに抵抗がなくなってきている感じだ。そんな中で「ダチョウ倶楽部」の「三人組」感というか一体感は珍しいほどだ。だって三人で一つの人格さえ持っているくらいだから。

しかし、さらによく見てみると、その「ダチョウ倶楽部の人格」とリーダー肥後、上島の人格はほぼ完全に合致しているのだが、ジモンだけはちょっとズレているのである。わかりやすいのは、一人だけバラでいるときに、二人はほぼダチョウでいるときと同じキャラクターだが、ジモンは違う。ダチョウ倶楽部の至上命題「どんなにつまらなくても笑ってもらいたい」(つじつまが合わないように聞こえるが、このニュアンスがいちばん近いと思う)よりも、優先させたいテーマがあるようなのだ。それが何であるかは、まだはっきりわからないのだが。「ジモン・マッチョ解禁」がそのへんに影響するような気がする、ということである。ジモンの「マイ・テーマ」がはっきり示される日も近いかもしれない。なんかそのテーマが、ストイックそうなんである。ダチョウとの両立は大丈夫か。

小耳にはさまれ・オブ・ザ・イヤー 1997

（右ページ 上から下に）新沼謙治／宝塚歌劇団／吉田栄作／山田邦子／市川森一／小倉智昭／岡本夏生／福岡翼／高橋ジョージ／原日出子／小倉智昭／かたせ梨乃／秋野暢子／タモリ／島田紳助／石田純一／岩崎ひろみ／田原総一朗／近藤サト　（左ページ）三枝成彰／久米宏／川島なお美／池谷幸雄／野村沙知代／清水圭／工藤静香／ロバート・K・レスラー／川島なお美／榎本加奈子／市川森一／軽部真一／佐藤藍子／ヒロミ／河村隆一／梨元勝／宮沢りえ／西村知美／川島なお美／長嶋一茂／山田邦子／東幹久／川井一仁／江川卓／浜田雅功／泉ピン子／松浪健四郎／神田うの／宇都美慶子／伊藤聡子

かたせ梨乃

「全体にひとまわり小さくなった。バストは87くらいかな」

1997年3月6日
かたせプロデュースの水着ブランドの発表会の記者会見にて。本人みずからモデルとなり、20年ぶりの水着姿を披露。

私は最近、かたせ梨乃が気になるのである。テレビ番組欄に名前があればもちろん見てしまうし、それ以外のときもちょっと考えたりしている。

昨年発表され、カルト映画の殿堂入りも目前の『シベリア超特急』（水野晴郎処女監督作品）に何故《なにゆえ》か主演。まともな役者が見当たらないような映画に何故。この不思議に直面したとき、それまで気づかなかったかたせ梨乃の不思議から目が離せなくなった。しかし、「シベ超」主演や、さかのぼっての「落合信子役」熱演といった仕事に関する味わいは、何かポリシーがあってのことかもしれない。それよりやはり、かたせ本人の存在感の不思議である。

不思議、不思議、不思議を連発するだけではなんのことかわからないので、その不思議が非常にわかりやすく表れたケースを紹介しよう。昨年のクリスマス時期に放送されたSMAPと明石家さんまの特別番組での一場面。「四人の美人女優」という触れ込みで高島礼子、観月ありさ、かたせ梨乃、中村玉緒が並んでいる。司会がさんまだから、当然のごとくあらゆる話を中村玉緒でオトすのである。構造的には高島、観月、かたせまでを「さすが天下の美人女優」と持ち上げるだけ持ち上げて、玉緒でオトす、というシンプルだが確実な形である。

しかし、本来ならオチ直前のフリとして加速をつけるべき三番目にいるかたせのところで、ちょっと何かがよぎるのだ。が、笑いのためならほとんどのことに目をつぶる明石家さんまは、そんな微妙な空気のよどみなど力ずくで「ない」ものにして「玉緒でオトす」へ突進する。このとき、かたせのところで何かがよぎるのを感じ取った視聴者は、さんまがそれを突破してくれたことに妙な安堵を覚えるのだ。そして、かたせの不思議は「よぎった何か」ではなく、この「安堵感」にこそ見られるのではないかと思うのだ。

今回のこの二十年ぶりという水着姿、確かに見せる価値あるナイスバディである。ほんと素晴らしい、マジで。スポーツ紙でもその二十年ぶりの決断に「ありがとう熟女」とお礼を言っていた。しかし、この「ありがとう」を言うとき、またまた何かがよぎらないだろうか。たとえば、雛形《ひながた》あきこの巨乳はだれもが「ありがとう」な物件である。逆に「ありがとう」ではない巨乳もある。朝丘雪路とか。かたせ梨乃はどちらでもないのだ。雛形的乳と雪路的乳の間に「かたせ的乳」という独特の乳観を築いている。確かにナイスだ、しかし……と何かがよぎったからこそ、それをふっきるために「ありがとう」と言ってしまったのかもしれない。

単に年齢やら何やらのせいで美人女優のステレオタイプから外れてしまったことが「独特」の原因ではない（外れてはいないとも思うし）。〝よぎる何か〟を無視できたときに、こちらがなぜかほっとするというのが独特なのだ。不思議でしょ。

野村沙知代

「最後に聞くけどさ、
あなた、ワキガ？」

1997年6月10日
TBS系「怪傑熟女！心配ご無用」にて。
男性に縁がないと悩む34歳の女性に唐突に問う。

選挙を機に、もうテレビに出ないのかと思っていたら、さらに出番の増えた感もある野村沙知代。あれ、当選してたら出なくなったんだろうな。だからって当選すればよかったのにとも言えないし。痛しかゆし。意味あってるか？

そして、落選後の野村沙知代は、テレビのなかの「人生相談」のオーソリティーというアイデンティティーを確立したようなのである。その代表的仕事といっていいのが、この「怪傑熟女！心配ご無用」だ。相談者（素人）の悩みをVTRで再現し、さらに本人をスタジオに呼んで、回答者席に並んだ熟女たち（沙知代のほか、左幸子、安藤和津、榊原郁恵など。司会の和田アキ子も加わる）が、あれやこれやのアドバイスを与える。ある意味では非常に純粋な人生相談の形かもしれない。

豊富な人生経験（ほんとはよく知らないけど、というより野村沙知代の真実の人生は本人しか知らない、ダンナさえ知らないことがいっぱいあるだろう、と思わせるものがある）と歯に衣着せぬ語り口、根拠はわからないけど外圧に強そうな「偉い」カンジを持ち、実際も偉そうにしているといった、野村沙知代を構成する諸要素はとても人生相談(の回答者)に適している。そして、このなかでもいちばん重要なのは「歯に衣着せぬ」の部分だと思う。

「本音」とか「素顔」を無条件によしとする風潮は根強い。それともあいまって野村沙知代の「歯に衣着せぬ」は重宝がられている。今週の冒頭の一言も、そういったところから考えると、ただのお下劣発言というだけではなくなるというものである。「どうして私は男性から好かれないのか」という悩みに対して「あなたはワキガ持ちか」と問うことは、人生相談としても正しいし、野村沙知代の「歯に衣着せぬ」的なものからもズレてはいない。逆に言うと、テレビのなかで「ワキガですか?」と聞けることが、野村沙知代が重宝がられている原因ともいえるのだが。

私は、下品なものが嫌いなわけでもないし、「歯に衣着せぬ」のおもしろさもわかっているつもりだが、この種の「あけすけさ」にはどうも嫌悪感があるのだ。そしてこの「あけすけ」感は、私のなかで「野村沙知代的」なものと同義なのである。たとえば、この番組以外なら、夫婦ゲンカバラエティー「ケンカの花道」とか、さんまの「恋のから騒ぎ」なんかが私のなかでは同類の番組だ。これらの番組のおもしろさの源でもある「あけすけ」という部分、またはある種の下品を、どうも私は受け入れられない。重ねて言うが、私は下品が嫌いなわけではない。ほかの下品一般には愛着さえ持ってるというのに。

さらに思うのは、私が愛着を持つほうの下品一般に対して世間は厳しいけど、私が拒絶する野村沙知代的あけすけの下品に対しては世間はＯＫらしいのである。それが困る。

工藤静香

「思った以上に素晴らしい出来。品が良くて」

1997年6月20日　自らがデザインした
オリジナルペンダントの試作品についてのコメント。

二科展入選の常連として知られる工藤静香が、今度はジュエリーデザイナーとしてデビューするそうだ。しかしこの「二科展」ってのは謎だ。「ニカテン、ニカテン」て、すごく耳になじんでいるのだけれども、どうしてなじんでいるかというと、「タレントの○○さん、二科展入選！」ということのみで聞き覚えてしまったのだ。

石坂浩二や雪村いづみのころは、自分が子供だったこともあって素直に「へぇー」と思っていたが、工藤静香（初入選は九〇年だそうだ）となると、私も物事の判断のつく年になっており、さらにその作品が公表されたりするものだから、「二科展て?:」と思うに至ってしまったわけである。ま、絵なんて人にどう評価されようと関係ないものではあるけれど、それにしても二科展はちょっと不思議。今度見に行ってみよっかな。それよりも出品してみるかな。大きさの規定とかあるのかな。四センチ四方のいかりや長介の版画なんか出しても受け付けてくれるのかなあ。怒られるかもな。一生懸命彫ったのに。

あんまりこんなこと言うと、二科展目指して創作に励んでいる方々に失礼なわけだが、でもその中にも、二科展の代表的入選作品として工藤静香の漫画みたいな天使の絵なんか出されるのを「あちゃー」と思ってる人だっているだろうに。

タレントや歌手で、アートをやる人は多い。アートといってもいろいろなわけで、とりあえずビジュアル系の。絵とかデザインとか。十把ひとからげにしてどうこう言うことはできないのだが、なんか不愉快なケースが多い。本人が絵を描いたり、いろんな創作をすることについては、他人からとやかく言われる筋合いのものではないのだけれど。

ただ、やっぱり作品と評価のバランス、および利潤へのつながり方のバランスというようなところで芸能人のアートはとやかく言われてしょうがないところがあると思うのだ。ものの価値（値段）のつけ方はいろいろだ。落書きでも描いた人物によっては大きな価値があると判断される。それはそれで、もちろんいい。たとえばジョン・レノンの描いたものは高いということからは、やはりジョン・レノンの凄さを感じるわけである。一緒にしていいかどうかは別として、工藤静香の絵だって高くてもいい。でもどう考えても、その値段のほとんどは、「歌手・工藤静香」が稼いだもののはずである。そこを何かごまかそうとしてるように見えるのだ。美術界においても一号〇〇円という価値はついているそうです、とか。歌手・工藤静香とは無関係に評価されてるように言うのである。

そして、さらにそれをタレントとしてのステータスアップに利用するというマッチポンプ。端から見てこれが非常にスムーズにいってるのがわかるから不愉快なんだろうと思う。

藤井フミヤの長野五輪Tシャツってのも、どうなんでしょ。

佐藤藍子

「このころの初々しさは もう失ってしまいましたね」

1997年8月12日
TBS系「ジャングル TVタモリの法則」にて。
料理のコーナーの途中で15歳のころの写真が紹介された際に、かつての自分の姿をながめながら言う。

この人は十九歳である。テレビの中における佐藤藍子の世慣れた感じというか、あらゆる物を手玉に取る感じというのは、とてもデビュー四～五年目の十九歳とは思えないものがある。最初に見たときからベテランだった。それも熟練とか円熟とかいったいい意味ではなく、そんな仕事のやっつけ方をいったいいつどこで覚えたんだ、という感じだ。画面の中でいろんなものを「あしらって」いる佐藤藍子を見ると、たとえば日々の積み重ねによって形骸化して、わけのわからないほど妙な節回しになってしまったパチンコ屋の店内アナウンスを思い出す。

佐藤藍子は、とりあえず物怖《ものお》じしない。どんな相手でも、どんな場所や状況でも怖じ気づくことはない。それは普通、「度胸がある」とか、彼女の年齢を考えれば「若さゆえの怖いもの知らず」といった印象に結びつきそうなものであるが、佐藤藍子の場合、不思議とそこへは着地しないのである。「度胸」も「怖いもの知らず」も、どちらも「プレッシャー」というものの存在があって初めて生まれる概念である。でも佐藤藍子のそれらには「プレッシャー」というもの自体が存在していないように思える。

自分に照らし合わせてみてもわかるように、人が人前でアガるとかプレッシャーを感じるというとき、その原因は「私の能力は足りているのだろうか」とか「私は受け入れられるだろうか」という不安感にあることが多い。思うに、特に芸能人（タレント）においては、この「私は受け入れられるだろうか」というのは、存亡を左右する大きなテーマといえる。

「新人の初々しさ」と呼ばれる不安定と「ベテランの落ち着き」とされる安定感の違いは、この「受け入れられる」ということに対する気の持ちようの差なのかもしれない。

佐藤藍子の場合、デビュー五年（とはいえ、一般的に顔と名前が一致する域に達してからは二年足らずといえる）、十九歳というプロフィールと、この「自分は受け入れられるだろうか」に対する確信のバランスが極端に不均衡なのである。佐藤藍子には「自分は受け入れられないかもしれない」などという思いは存在しないと思われる。これは何より強固な自信ではないか。いくら「私はできる」とか「私はすごい」という「自信」を上へ積み上げても、根幹にある「自分は受け入れられないのでは」という核を狙い撃ちすれば、そんなものは一瞬にして消える。しかしその必殺のツボを彼女は持っていないのだ。

佐藤藍子は誰と対しようが、どこへ出されようが、「自分が受け入れられる」ことを確信している。それこそが、彼女の「世慣れた」「手玉に取る感じ」の正体である。べつに何ができるとか(彼女は女優であるが演技はあからさまに下手である)、何か根拠があったうえでの「確信」ではないだけに崩れることもない。厄介なことである。

ヒロミ

「ヒロミの大人の遊び方。それは、いかに自分が楽しめるかを探す、宝探しゲームかもしれない」

1997年8月18日
フジテレビ系「apa ヒロミの大人の遊び方」にて。
これまで挑戦してきた「仲間との遊び」を振り返る総集編。
シメのナレーション。

いつごろからだろうか、テレビの中のヒロミは「遊んで」いるのである。冬はスキー、スノボ、夏はサーフィンにジェットスキー、バイクに乗ってたりキャンプしてたり、バス釣りにボート、果ては京都でお茶屋さん遊びってのも見たことある。

なんだっつうんだろう。まあ、なんだっつうんだと思い始めてからすでにかなりたつのであるが、もう見るに見かねる状態に完全に入った。この「apaヒロミの大人の遊び方」という番組は、そういう意味では完全に開き直ったコンセプトによって成立している番組である。（芸能人が）遊びに興じている様を観賞させるということが、バラエティー番組の形のひとつになってから久しい。多かれ少なかれ、この構造にのっとっている番組はこの「apa」に限らずいくらでもある。私は、どんな物件であれ（松方弘樹のカジキ釣りだろうと、梅宮辰夫の家族旅行だろうとだ）認める気はないけど、実際問題として全部廃止するとテレビは成り立たないかもしれない。

そんななかで、ヒロミが突出して（ハナについて）いるのは、確信犯である点だ。「apa」という番組は、その意思表明でもある。ヒロミは「遊んで食うタレント」の第一人者を目指しているのである。「遊びといえばこの人」という、巨泉以来空席の（とんねるずも座ることができなかった）ポジションにつく気なのだ。きっと。

「遊びのナビゲーター」といった役割の芸能人がいてもいいのかもしれない。私は認めないけどな。かつての大橋巨泉は、まだ娯楽に対して初心《うぶ》だった日本国民に対して、娯楽・遊びを啓蒙しナビゲートしていたのだと思う。知らないけど。でもそれは、遊びの啓蒙という発想も含めて巨泉の能力だと思うのである。誰でもよかったわけではないはずだ。

今また仮に「遊びのナビゲーター」が必要とされているとしても、それはヒロミじゃないだろう。だったら誰か、という話ではなくて、とりあえずヒロミじゃないことは確かだ。「遊んでる俺は商品になる」ってすごい自己認識である。どこから来るかな、その自信は。ヒロミ、どんなに売れても子分肌なんである。生まれついての小物体質。いやこの「小物体質」って、売れる条件ではあるのだが。

何よりヒロミが間違っているのは、普通のバラエティー番組に出たとき、バラエティータレントが担当すべき仕事（場を盛り上げるために自らのテンションを上げたり、様式としてのボケやツッコミをこなすことなど）を、もう自分は免除されているというカン違いをしているところだ。誰が免除したというのだ。

冒頭にあげた「大人の遊び」観みたいな一文は、元不良で少年の心を忘れない男としては、かなりいい感じの人生設計なんだろうけど、だったら他人のカネでやんじゃねえよ、ってことも言える。全部、番組タイアップだもん。自腹切れよ。

泉ピン子

「あたしがバラエティー出身
だって知らないね」

1997年11月7日　フジテレビ系「笑っていいとも！」にて。
主演ドラマの宣伝のためにゲスト出演。やたら喋りまくるが
会場の反応がいまひとつなことに対して言う。

泉ピン子がバラエティー番組などドラマ以外のところに出てくると、もういきなり辟易《へきえき》する。いや何も、べつにバラエティー番組のなあなあな関係を順守する出演者がくりひろげる、楽しく愉快な番組進行を壊すものとして、泉ピン子を嫌うのではない。確かに泉ピン子は、必ずと言ってもいいほど場の空気を壊す。「イエーイ!」と叫んでピースサインしながら登場(とほほ)に始まる、過剰な自己主張とそれを表しきる行動力。とにかく何があろうと自分が喋る。そして、その喋りにつきあうことを強要する。

こういった傍若無人の根拠は泉ピン子が大物女優であるがゆえのわがままにあると思っていた。大物だから、その場の空気を読んで合わせなくとも周囲が自分に合わせるのが当然である。この構造で「困ったこと」になる大物はほかにもいるわけで、泉ピン子はそんな中でもはなはだしい一例だと思っていたのである。

しかし、事態はもっと深刻だった。泉ピン子の過剰な自己主張と行動力は、彼女の「大物性」によってではなく、「自分はバラエティー出身である」という自己認識によって敢行されていたのである。例のピースサインは、大物のとんちんかんではなく、「お笑いもいける」という自覚の上の演出だったのだ。

この日の泉ピン子は、夜に放送される自分主演の二時間ドラマの宣伝をするために登場。いつものように「イエーイ!」と。そして、さっそく、わけのわからないヤセ薬の話をはじめ、他の出演者に配ったりのひと騒動（これはまた別の面でも困った話である。これによって泉ピン子にどんな利潤が発生するのか、その薬の関係者との間にどんなしがらみがあるのか知らないけど。泉ピン子のいつまでたってもアカ抜けない原因って、このへんに凝縮されているよなあ。ださ）。同じステージ上に出ていた日本語のわからない来日したてのカナダ人の女のコ（素人）をしつこく「太りすぎ」といじっている。客が引こうが、共演者が困ろうがずーっとやっているのだ。そして、これも大物女優のわがままではなく、「お笑いをこなせる」という自覚にもとづいた〝ピン子流おもしろ〟なのである。本当に困った話だ。

泉ピン子が、かつてバラエティー（お笑い）でブイブイいわせてたころというのは、「ウィークエンダー」のリポーターくらいしか心当たりないのであるが（ほかにも何かあるのだろうか）、あれが〝ピン子流おもしろ〟の源流なのだろう。女優に転身したことによって〝ピン子流おもしろ〟も淘汰《とうた》されることなく、ピン子の「お笑いへの自負」とともに保存されてきたのだろう。バラエティーで浮きまくりながらはしゃいでいるとき、泉ピン子は昔とった杵柄《きねづか》を振り回している、もしくは伝家の宝刀を抜いた、みたいなつもりなのかもしれない。本当に困った話だ。

小耳はさまれ・オブ・ザ★イヤー 1998

（右ページ 上から下に）笛吹雅子／萩本欽一／前田忠明／タモリ／五月みどり／東山紀之／美川憲一／長嶋一茂／高知東急／ガブリエル・ウィルソン／植田朝日／花田紀凱／ピーコ／山下徹大／中居正広／宮川俊二／野田義治／和田アキ子／古尾谷雅人　（左ページ）奥野史子／志村けん／ SHIHO ／梓みちよ／ YASUKO ／林寛子／畑恵／網浜直子／前田忠明／島崎和歌子／ヒロミ／高杢禎彦／永井美奈子／酒井政利／坂上みき／野村沙知代／野沢直子／中山秀征／香取慎吾／森光子／江川卓／奥山英志／三宅裕司／山瀬まみ／葛和伸元／佐藤藍子／某レースクイーン／大橋巨泉／梨元勝／軽部真一

萩本欽一

「自分がやろうとしているのは
出しゃばる司会。
失敗しないか、心配しています」

長野五輪閉会式の司会者を務めるにあたり抱負を語る。

さて、一九九八年。オリンピックの年がとうとうやってきた。札幌五輪から数えて二十六年ぶりの日本でのオリンピックだ。年末に「あと40日」とかそれくらいのカウントダウンを聞いた覚えがあるが、それにしても盛り上がってないすねえ。これから急激に盛り上がるのかなあ。オリンピックって世界のイベントなのに、日本で勝手に盛り下げては申し訳が立たないのではないか。日本シリーズに広島が出た時、日本シリーズなのに広島球場がスカスカで「広島市民、野球嫌いなのかよ」と何か憤りを感じたことを思い出す。スキーのコースのもめごととか、業界用の券を取り置きしすぎて余ってあせってるとか、暗い話題しか流れてこないのだ。唯一、橋本聖子は出ないらしいというのが明るい話題か。

なかでも、胸をしめつけるように不安なのが「閉会式」である。不安というより怖いわ。もう、自分の力ではどうしようもないところですべてが決定されていくのである。

司会欽ちゃん。泣。「世界に向けて、なんでそーなるの、とやっていいんでしょうか」と本当に言ってた。号泣。「閉会式の司会に欽ちゃん」は決定事項として私たちに知らされた。もうあらがう手段はなかったのである。決定する権利を有していたのは、演出の浅利慶太だ。しかし「演出は浅利慶太」というのもまた決定事項として知らされたことである。では、浅利慶太を指名したのはだれなんだろう。もう闇の中だ。元をたどっていくと「国民」なんかにたどり着きそうで、これまた怖い。

閉会式は開会式に比べて地味だし、注目度も低いし、振り返ってみて冬季五輪の閉会式なんかひとつも覚えてないし、きっと大丈夫だ、と何で私は自分を励まさなければいけないんだ。でも「出しゃばる」らしいからなあ。べつに外国からどう見られたいとか、いやそれよりすでにかなり情けない国として見られてるんだろうとも思うけれど、事が欽ちゃんとなるとねえ。確かに一度ついた肩書ははずれにくいもので、とすると「日本を代表するコメディアン」というところへ欽ちゃんを押し上げた責任は私にもあるかもしれない。コント55号好きだったし、「欽ドン」くらいまではおもしろがって見ていた。でもそれはそれだろう。ツケを払わされるようなことではないはずなのに。今この一九九八年に「欽ちゃん」って、何か微妙な古傷を人質にとられたような不安感を呼び起こす。

あー、どうなるんだろう閉会式。五輪閉会式における司会者の成功の雛形《ひながた》すらわからないだけに、余計に心配だ。みなさんも、六月のサッカーW杯での奇跡よりも、長野五輪閉会式、欽ちゃんの奇跡をまず先に祈ってみてはどうだろうか。何がどうなれば〝奇跡〟なのかも皆目見当つかないわけっすけど。とりあえず、欽ちゃんがチャップリンのコスプレで登場しませんように、から始めてみよう。

中居正広

「だってマッチさんのほうが偉いんですから」

1998年4月1日　フジテレビ系
「FNS番組対抗！春の祭典スペシャル」にて。
近藤真彦と比べて不当に厳しい扱いをされた陣内孝則が、総合司会の中居正広にクレーム。それに対しての答え。

しかし、いつの間にかマッチこと近藤真彦は、かなり偉くなっている。なんか、ものすごくいいポジションにいる。とりあえず私には近藤真彦をありがたく思う理由はないのだけれど、それでもテレビの中でありがたがられている近藤真彦を、それはそれとして認めざるを得ないような気はするのだ。ま、不思議ではあるけど。

今のテレビは、ジャニーズ事務所のタレントなしにはにっちもさっちもいかない状態だ。中でもバラエティー番組にそれは顕著で、特にこの時期の特別番組を見渡してみるとそれは「極み」に達しているように思える。中居司会の特番が何本あった？　で、そのジャニーズ事務所で名実ともにトップにいるのが近藤真彦なわけである。後輩たちは彼のことを「マッチさん」と呼ぶ。この「マッチさん」という呼称の中に、近藤真彦の「いいポジション」の意味が凝縮されていると思う。「マッチ」という歴史を踏まえたうえで「さん」をつける。「マッチ」と「さん」のとってつけた感じが、いっそう「さん」という接尾語の表敬性をきわだたせている。

しかしこの「マッチさん」という言葉自体も、また「マッチさん」に込められた敬意も、有効なのはジャニーズ事務所という限られた組織の中のみのはずだ。広げて解釈するとしたら、ジャニーズ事務所の世界観みたいなものに同化してるファンには有効だろうが。

そんな限定された世界にのみ流通するはずの「マッチさん」という概念なのに、何故か外界である世間一般までが近藤真彦を「マッチさん」として受け入れているのである。それが、現在の近藤真彦の「いいポジション」を支えている最大の理由だろう。

世間は、ジャニーズ事務所という間違いなく特殊な世界観を持つ世界との距離を縮めてきていると思う。このところ、その速度も上がりがちだ。たとえばワイドショーにおけるジャニーズネタの取り上げ方。かなりの頻度である。ほとんどが「こんなにスゴいジャニーズ人気」というヨイショネタばかりであり、そのへんはいろいろあるのだろうけれど。しかし、たとえば中居のノーパンしゃぶしゃぶ嬢とのスキャンダルでの、リポーター陣のあからさまな手加減などは一目瞭然であったわけだが、「そんなふうに手加減された中でお座なりな言い訳をする中居ちゃんが見たい」というところまで、世間はジャニーズ事務所との距離を詰めているのである。

終身雇用の慣例のないジャニーズ事務所なので、先のことは想像しにくいのだが、この「マッチさん」というのをこのまま温存・成長していくとあれかな、「森繁ファミリー」とか「橋田壽賀子ファミリー」みたいなものになるのだろうか。いま私たちは、そんなうざったいものの萌芽《ほうが》の時を見ているということなのだろうか。どうなんだろうか。マッチさん、ねえ。

矢部浩之

「志村さん、
料理はしはるんですか」

1998年5月19日
TBS系「ジャングルTVタモリの法則」にて。
ジャングルクッキングのコーナー冒頭、ゲストの志村けんに対して進行役のナインティナイン矢部がたずねる。

ちょっと前からであるが、志村けんが降りてきているという感じがある。降りてきているという感じを受けるのは、それまで高いところにいたとか、存在自体が崇高であったということなのだろうか。

志村けんは、お笑いに対してストイックであるとされてきた。あくまでもこだわってコントをやり続けるとか、バブル時のタレントショップブームの時も、そういったキャラクター商品を出さなかったりしたことなどが、その要因とされていたのだと思う。でも、いちばん大きいのは自分の名前のついた番組以外にはほとんど出演しないという品不足感のようなものだったのではないかと思うのだ。

「全員集合」終了後、クイズ番組のパネラーやコメンテーターもどきのにぎやかしゲストみたいなのに仲本やブーが出ていることに目新しさゆえの軽い興奮を覚えたものである（でも結果的にはそのおもしろくなさに改めて驚いたりするわけだが）。そしていかりやは性格俳優。そんななか、加トケンの二人はあくまでコントを含む番組をキープし続けた。そのうちそれは志村ひとりになるわけで、現在もとりあえずは「志村X天国」（フジテレビ系の深夜番組）でその信念は貫いている。流れとかカタチで見れば、十五分ぶんのコントを作るのも、十五分間車座にでもなって芸能界暴露トーク（ピー音入り）するのも、番組として流してしまえば一緒というこのご時世、なかなかできることではないとは思う。ダウンタウン松本も、このあたりを指して〝志村けんを尊敬する〟と公言しているのだろうし、世の（決して少なくない）志村信者の心の糧のひとつにもなっているはずだ。でも本当は志村のコントって、それほどガチガチな「志」を表現しているわけでもなく、内輪ウケ・楽屋オチがすごく多かったりするのだが。ま、とりあえず「今日のゲストは志村けんさんです」には、大きなありがたみがある。それは、「今日のゲストは志村けんさんです」と呼び込まれること自体が、今までほとんどなかったという、事態の希少性も大きい。そんな希少性、品薄感をまとったまま、「ゲスト・志村けん」は出ている。出荷量が増えた、という感じか。そしてそれは、ある時期まで確実にあった（お笑いタレントの）すみ分けというかテリトリー性（事務所の問題だったり、師匠筋の問題だったりしたのだろうか）の崩壊とあいまって、いろんな新しいシチュエーションを生んでいる。志村とたけし、志村とタモリ、なんていう以前では考えられなかった組み合わせ。そして、志村はそんな〝大事《おおごと》〟と同じようなテンションで、ナイナイとかＫｉｎＫｉ Ｋｉｄｓ、はては中山秀征とまで絡む。誰と絡んでもありがたみがほぼ均一なのがおもしろい。

このありがたみや値ごろ感はこれまでのストイシズムのなせるわざなわけだ。パネラーやコメンテーターを一切したことのないタレントっていないものなあ。

小耳はさまれ・オブ・ザ・イヤー 1999

（右ページ 上から下に）千秋／神田正輝／橋田壽賀子／高知東生／笠井信輔／石橋貴明／持田真樹／赤阪尊子／松居直美／前田忠明／松本伊代／石井苗子／小倉智昭／木村拓哉／浅香光代／土田晃之／石井竜也／薬丸裕英／羽賀研二 （左ページ）高嶋政伸／大橋巨泉／ピーコ／薬丸裕英／西田ひかる／渡哲也／デヴィ夫人／滝沢秀明／秋山真人／古谷一行／石田純一／桜庭あつこ／田中律子／西田ひかる／織田裕二／鈴木その子／大原麗子／長嶋一茂／RIKACO／明石家さんま／松野行秀／郷ひろみ／十勝花子／国分太一／タモリ／水野晴郎／小倉智昭／松田聖子／速水けんたろう／長嶋茂雄

千秋

「じゃあ辞めてよ。
あたしそこの位置がいい」

1998年12月12日
フジテレビ系「LOVE LOVE　あいしてる」にて。
篠原ともえのプリプリプリプリティでのやりとり。
篠原に向かって真剣に言う。

千秋は、自分と篠原ともえのキャラクターがダブっていることを少なからず懸念しているようであった。私は、この千秋という人は危機感を感じていないところに危機感があると思っていたので、この危機感の自覚は意外であった。

しかし、篠原ともえがこんなにツブシの利く人気を得るとは思っていなかった。キワモノの域を出ることはない、と思っていた。デビュー曲だってテクノで決して万人受けを狙ったものとは思えないし、それよりあからさまに特異な言語と動きと服装である。今のテレビはバラエティー番組でのフリートーク的な空間が、量的にも意味的にも大半を占めている。登場時の奇抜なインパクトはそれとして、一段落ついてからの「実はオレもさ——」みたいな話（ほとんどの場合、つまらないものだけど）がメーンであるのが現実だ。で、篠原の言動・服装は、そういったバラエティー的日常にはなじめないと思ったのだ。つぶやきシローが失速したのは、ネタしゃべりと素のしゃべりを使い分けられなかったからだと思う。篠原もそのセンかと思えた。

でも、篠原は妙にスムーズにいろんなハードルをクリアして「ツブシが利く」と思わせるようなところまでなじんでしまった。当初の奇抜と、場への譲歩の仕方とのバランスが絶妙である。おもしろいおもしろくないということとは別に、タレントの変化・成長の道として興味深い。

一方、千秋には私は強いマイナー感を覚える。ＣＤも売れたし、テレビにもたくさん出ているし、紅白出場も決まったし、もはやマイナーの定義は当ててはまらない状況ではある。しかし、どうしてもマイナーに思えてならない。この人って、いつも範囲限定というかコンセンサスの取り付けが狭い一部にとどまってる気がする。「ゴールドラッシュ」という、フジテレビのオーディション番組でデビューしたのだが、これがオーディション番組なのに影響力なくて、すぐつぶれるし。しばらくフジテレビが責任取るみたいに使ってた感がある。他局には存在さえ認められてなかったような感じ。現在の状態も、本当は「ウリナリ!!」という番組内のブレイクにすぎない。ＣＤが売れたというのも、あれはまた五百円マジック（ポケットビスケッツのＣＤは一曲のみ五百円というスタイル）というのがあって、真っ向から勝負してるとはいえないし。紅白出場は、選んだＮＨＫがどうかしてるだけで、通常なら番組内の盛り上がりとして終わる話である。大きい意味での「世間一般」の審議を仰ぐところへ、いまだに出てきていない気がするのである。

最近の世の中って、妙にマイナーなものに対し、懐の広いところがある。千秋の今の状態って、そこに頼っている部分が大きいと思うのだ。ま、つけ入れるところにはつけ入るのが道ではあるが。なんか幻みたいに見えるんである。

神田正輝

「世の中を騒がせることは任せてください」

1998年12月22日　石原プロ忘年会にて。
ホテル一軒借り切っての大忘年会。
渡社長の「来年（1999年）はマサキが何かやってくれる」というフリに答えて。

石原プロの威信をかけた、超豪華忘年会。石原プロは、餅つきだとかそういうところにばっかり威信をかけているようにみえるがな。いつも社名入りハッピ着てハチ巻き姿で酔っ払ってるとこばっかり印象にある。

神田正輝も所属タレントの一人としていたわけである。渡哲也社長に「ウチのマサキ（イントネーションは平坦。『カレシ』と一緒）」と呼ばれる姿は、驚くほど小物然としている。いや、渡哲也ほどの大御所に呼び捨てにされたところで、それはほとんどの場合当然の上下関係であり、それによって不当な矮小《わいしょう》感など発生しないはずなのである。しかし、なぜか神田正輝の場合、「マサキ」と呼ばれるたびにキラリと光る小物感。その小物感たるや、かつての「ゆうひが丘の総理大臣」のころと何ら変わりないほどだ。

と思って、改めて神田正輝を眺めてみると、感じてしまう「小物感」を不思議に思うことのほうが間違いであって、元来非大物であったことに気づくのである。でも、私だって神田正輝のことをただ「大物」と思っていたわけではない。根拠もなしに大物然としていること、世間もそれを受け入れて大物視しているところを不思議に思っていた、と言うほうが正しい。俳優ったって、思い浮かぶのは山村美紗原作・赤い霊柩車シリーズの片平なぎさの恋人役くらい。松田聖子の旦那なだけなのに。

いや、それは当たらずといえども遠からずだと思う。神田正輝は、松田聖子と離婚したことで元の小物感を再び取り戻したのだ。

松田聖子を大物とするならば（ちょっと最近あやしいが、とりあえず）、それは次々とくり出される物語の主語がいつも「私は」であり、世の中も松田聖子の「私は」物語を、その「私は」のままで一緒に読んで（読ませて）きたというところに、そのゆえんはある。松田聖子は結婚している間、その物語の主語を「私たち」にしていた。だから、神田正輝に「大物感」が波及したのだ。そして、離婚と同時に「私たち」は解体する。

この二人に限らず、離婚やもめごとなど、人と人が対立する図式の人間関係がメディアの中で発生すると、それは必ずどちらかの物語になる。もちろん自分が主語に納まる物語にしたほうが勝ちだ。最近なら、松方弘樹・仁科明子の騒ぎ。どちらが物語の主語になれるかの戦いとも取れる。で、松田聖子・神田正輝は、もう完全に松田聖子の圧勝。神田正輝を主語とした物語など、もう存在していない。読者いないから。神田正輝は、離婚の瞬間から、松田聖子の物語の登場人物（もしくは小道具）に格下げ。たとえ今後、神田正輝が再婚しても、松田聖子の物語の中のささいなエピソードとなるにすぎない。今後、再び神田正輝の主演物語が始まることはないと思う。言い換えれば、神田正輝は一生、松田聖子の物語の中で生きるしかないのである。ずーっと。そりゃ大物感なくて当然。

笠井信輔アナ

「きのう、ここお台場で人質事件が発生しました。（中略）お台場ということで観光マップを用意しました」

1999年1月22日　フジテレビ系「ナイスデイ」にて。
この日の前日、港区台場で起きた少年による人質事件を取り上げて。

東京都港区の台場で起こった十六歳少年による人質事件。何か嫌な事件だった。十六歳が九歳の子供を人質にしたとか、法律の全面改正を叫んでたとか、そういうところが嫌だったのではなく、お台場ってのが問題である。フジテレビ、得意げだったなあ。「ウチのお台場でさあ」って。思い起こせば、都市博中止でどう考えたって、死に体であったお台場を、フジテレビは力ずくでここまでもってきたわけである。その「ここまで」というのは、何もないところに何もないものをのっけて、どうにかしたように見せかけられれば御の字みたいな、所詮はしゃらくさいだけのひとりよがりだと思っていたんだが。お台場だからって何だというのだ、知らねえよお台場なんかよ、てなもんだと思っていたのに。

捕まった十六歳の少年についての情報は、今のところ何もない。何か目的があったのかさえもわからない。しかし、なんで、お台場でやったかな。コレを考えるとどんどん嫌な感じになってくるのだ。フジテレビの、まるで「日本はお台場を中心に回っている」とでも言いたげなお台場プロジェクトというのが、あれでけっこう功を奏していたのかと思わせられ、愕然とする。少年は「最高裁の長官を呼べ」「テレビ局を呼べ」と叫んでいたらしいが（しかし、どこの報道でもコレを「わけのわからないことを叫んでいた」と言っていたけど、真意はわからないにしても意味はわかるだろう）、そんな要求を強いるのに最適な地がお台場だと思ったのだろうか。だったら浸透してるなあ、フジの「オレが真ん中」教育。あとすごいのは、四時半に発生し、六時四十六分に終結したというタイムテーブルだ。昔のプロレス中継並みのタイミングである。番組編成にもっとも迷惑をかけない犯行時間帯だ。これ以上のものはあり得ない。「お料理BAN！BAN！」終わりに合わせるように始まり、六時台のニュースの中で終わる。四十六分というのも絶妙。残りの十数分で人質の安否も報告でき、「本日は予定を変更して……」というあいさつもちゃんとでき、見事にエンディングである。この日はたまたまフジテレビ四時二十五分からの生放送「DAIBAッテキ!!」が休みであったが、それすら見越していたのか。この十六歳少年、まさか「フジテレビクラブ」の会員か。「警察呼べ」って、まさか湾岸署が来ると思ってたんじゃないだろうな。

べつに、犯罪を誘発したのがフジテレビと言っているのではない。ただ「お台場」ってだけ。以前、東京ディズニーランド付近で一家心中したってのがあったけど、それを思い出した。

何があるのか知らないけど「気のせい」だけで成立してるようなあの場所なのに。住んでる人には悪いけどさ。でも自由の女神あるんだよ。嘘に決まってるはずなのに。

石橋貴明

「横浜アリーナ（中略）ソールド・アウトしたということで」

1999年1月28日　フジテレビ系
「とんねるずのみなさんのおかげでした」にて。
野猿のコンサートチケット電話予約が
即日完売したことを報告。

意外である。何がって、このところのとんねるずの蘇生ぶりだ。蘇生。そう、私はとんねるずは死んだと思っていたのである。この「みなさんのおかげでした」の前身である「みなさんのおかげです」が終了したときに死んだと。さらに「みなさんのおかげでした」ときたときには、もう埋葬すら終えたような気になっていた。私は。

現在全盛である。何かに挑戦したり、何かの渦中に身を置いてどう転がるかという不測の状態を追うとか、娯楽に興じているさまをそのまま番組にするなどのバラエティーの形は、すべてとんねるずが先鞭《せんべん》をつけたと言ってもいい。それらの番組パターンは今も衰えず、引き継がれている。私が、とんねるずは死んだと思ったのは、簡単に言ってしまえば古くなったからというのが理由だ。でも、とんねるず自身が老いたから、というのとは少々違う。とんねるずがそれまで巻き込んできた「客」の層が老いてしまった、と言ったほうがいいかもしれない。あくまでイメージとしての話だが、たとえば、かつて「夕やけニャンニャン」で、彼らのアオリのまま暴動寸前のコール&レスポンスをくりひろげていた、あの頭の悪そうな子供たちも、今ではもう三十歳を過ぎているのである。そのときどきの人気者を決めるのは、子供の熱狂だと思う。大人にほめられたってあんまり意味ないような気がする。大人の支持って、感情じゃなくて分別だし。そういう意味で、ついている「客」がそういうところの中心から降りてしまったことによって、とんねるずも中心にはいられなくなってしまった、というイメージだ。とにかく、私の言うところの「死ぬ」間際のとんねるずは、何をやっても「まだそんなことやってるのか」という印象ばかりがつきまとった。重ねて言うが、やっていることはずっとほぼ同じなのである。ただ、客が中心から降りてしまったということは、取り囲んでいたオーディエンスの姿がなくなってしまったということであり、そうするとただただカラ回りしているようにしか見えなくなるのである。それが死因だ。

しかし、とんねるずは何も変えずに蘇生した。再び、人垣ができてきている。一度、オーディエンスの人垣を失ったタレントは、全く違う人垣をつくらなければ蘇生できないはずなのに。それは実際には同じ層であっても、オーディエンス自身の変質で違うものになる。二十五年前にサテンのハッピで叫んでいた郷ひろみの追っかけと、今のヒロミ・ゴーのディナーショーの客は同じ人かもしれないけど違う人垣であるように。が、蘇生とんねるずの新しい客というのが、これまた前と同じなのだ。「貴味」に行列をつくり、野猿《やえん》のコンサートに行く。かつて「バレンタインハウス」に行き、レコード「一気!」を買った層とあらゆる面で同じに思えてならない。まだ通用する、いや右肩上がりですらある。不思議だ。

赤阪尊子

「十メートルにして ほしかったですよ」

1999年2月11日　テレビ東京系「TV チャンピオン
男 VS 女 世紀の対決！どっちが大食い決定戦」にて。
男女各4人の選抜選手による男女対抗戦。
そのなかの細巻きずし6メートル早食い対決を振り返って、
伝説の大食い女王・赤阪さんの弁。

私はこの「大食い選手権」が好きなんである。現在は「TVチャンピオン」の数ある選手権のうちのひとネタであるが、前身の「日曜ビッグスペシャル」のころから好きである。そもそも「TVチャンピオン」という番組ができたのは、この「大食い選手権」があまりにもおもしろかったためだと、私は思っている。いろいろありながらも結構な年月続いているわけだから、あの見切り発車は成功だったと言えるわけだ。

いろんな「○○選手権」が現れては消えていった。個人的な好み・希望を言えば、優勝したところで全然うらやましくない系が特に好きである。「ガーデニング王選手権」で「わぁいいなあ、私もあんなふうにできたらなあ」などと思わせたり、とにかく観衆が「うっとり」したり「ステキ♡」なんつったりするようなやつじゃないやつ。やっぱり番組立ち上げ当初の試行錯誤の時期には、くだらなくも素晴らしい「うらやましくない選手権」が多かった。「全国ホスト王選手権」とか。街角で時間内に何人引っかけられるかとか、女性とダンスして脈拍をどれだけ上げられるかとかで日本一を決めていた。うらやましくねえ。復活を祈る。

で、そんな「うらやましくない選手権」の代表格がこの「大食い」である。この番組の偉いところは、競わせるテーマ（食べる物）がつまらないものばかりであるところだ。初期に一度、香港ロケでグルメとの融合を試みるも、その間違いに気づき、二度とそんなことはしなくなった。ラーメンとかお好み焼きとかギョーザライスとか、きわめて日常的なメニューなのである。今回も、学食メニューを片っ端から食う対決ってのがあった。「杉山さん、次は、三回目のラーメンだ！」だって。

更なる「大食い」の見どころは、「大食い選手権」の名を借りた「壊れた人」の博覧会であるところだ。番組史上、数々の壊れた人たちが現れた。目を閉じれば次々と浮かんでくることよ。私か最も好きな大食いは、もう十年近く前の第二回大会優勝者の方喰《かたばみ》であるが、二番目は今回の女性チーム大将の赤阪さん（四十三歳）である。赤阪さんは、一度結婚を機に大食いから引退したのであるが復帰。以前は、常にスプーン印の上白糖一キロ袋を携帯し、決戦のたびにそこで砂糖水を作って、それを飲みながら食べ進んでいた。何を食べるにしても、チェイサー的役割を果たす水やお茶の使い方は大食いのポイントとなる。赤阪さんは、それが砂糖水でなければダメだったのだ。しかし、今回は他の人と同じウーロン茶。赤阪さん、ちょっと治ってきてるか？　六メートルの細巻き食いで引き分けに甘んじた赤阪さんは十メートルなら勝ててたと言った。おそらくそうだろう。細巻きずし十メートル、うらやましくねー。ああ、もう紙数が尽きた。大食いのことなら、私は五〜六時間しゃべれるな。つきあってくれる相手はあんまりいないが。

小倉智昭

「ボクは先代の社長にたいへんかわいがってもらってね」

1999年3月18日
フジテレビ系「どうーなってるの?!」にて。
この日は焼き肉特集。
某焼き肉店のリポートのあとでコメント。

いやあ、それどころではないわけである。それどころってのが何だかよくわからないけど。何か事件があったときに、リポーターが急いで渋谷とか銀座とかに行って、歩いてる人に「こういう事件があったの知ってますか」とかマイクを向けるのは何だろう。「えーっ!! うそー!!」とかいうリアクションを並べてみせてどうするんだろう。いまさら、ワイドショーの取材方法についてもの申すのもなんだけど、むなしい感じがするもんでね。やめればいいのに。

そんなことより、今週のこの一言。小倉の口から自然に流れ出た、もしかしたらなんてことはないありふれた一言だったのかもしれない。でも、テレビの前で聞いていた私は、コレが妙に印象深くて、ついメモってしまった。

何か世界観を表しているような気がする一言だと思うのである。「先代社長にかわいがられる」。先代、である。今の社長じゃないのである。そこには人間としての歴史の存在をアピールしているフシもあろうし、今現在は（ただ〝かわいがられている〟のではない）また違う関係性にあることを含んでいるともとれる。さらに「かわいがられる」という表現のいかがわしさ加減。実にあいまいというか奥の深い言葉である。「かわいがられる」には、偉い人と仲良しだぞという単純な〝虎の威を借る〟式のハッタリのほかにも、大人物に力量を認められた自分自身の価値をほのめかす作用もある。含みのある一言だ。こんな言葉で人生の「形勢」が刻々と変わったりするんだろうな。すごいなあ。

同じような感じを、安室奈美恵について語る鬼沢慶一に持った。鬼沢は、安室が結婚発表をしたころに個人的にいろいろと打ち明けられたことがあったという。その秘話を話すとき、鬼沢は終始、安室のことを「安室クン」と言うのである。安室が鬼沢にプライベートなことも含めてあたかも心を開いたかのような相談をしていた、ということを人に知らしめることによって、鬼沢の「形勢」もまた、かなり変わる。また、安室クンという呼称を使うということが意味すること、というのもある。この安室・鬼沢密談というのが、本当にあったのか、いつどこで何故？　という気はするけど、とりあえず鬼沢本人は「安室クンがね……」っつってたからさ。少なくとも自分と安室の関係性はこうであると鬼沢はアピールしたい、ということだけは事実だ。

あと、橋田壽賀子が「SMAPの中居君のファンで（自分の差しがねではないけど）橋田賞もあげた」と言っていた。この人は「24時間テレビ」でマラソンしていたTOKIO・山口に感動したからといって、自分のドラマにキャスティングしたこともある。目つけられると橋田ドラマに出されちゃう。それはほうびなのか貧乏クジなのか。あんまり関係ないけど、これもまた「形勢」の変化ってことで。

浅香光代

「サッチーは良いところがひとつもない」

1999年4月1日　フジテレビ系「とくダネ！」にて。

一緒に舞台もやり、プライベートでも家族ぐるみのつきあいをしていたという、浅香と野村沙知代。

しかし、仲たがい。浅香が宣戦布告。

すごいぞ。浅香光代と野村沙知代がケンカだ。ケンカといっても、この原稿を書いている現段階では浅香の一方的な宣戦布告に野村は反応せずというところである。浅香は、さらにワイドショーへの電話出演などで野村を挑発、某ワイドショーでは「セッティングさえしてくれれば直接対決も辞さず」の姿勢を鼻息も荒く表明していた。

他人のケンカを、自分に害の及ばないところで見物するのはおもしろいに決まっている。この光代（七十二）×沙知代（六十七）の一戦も例外ではない。しかしながらこのマッチメーク、きついなあ。というか、この二人の掛け合わせというのは「ケンカ」でなくともちょっとオーバーワークというかヒューズが飛ぶ感じの「過」であろう。いまどきヒューズってのもなんであるが。

世の中にはいろんな商品がある。欲しいと思う人がいれば何でも商品になるのだから、人間の欲望というものが際限なくふくらんでいくものであるなら商品もまたどんどん増えるのは道理だ。そうは思っても、ときどきびっくりさせられることがある。それを欲している人の存在が想定できないゆえの戸惑いである。

昨年、スポーツ紙やワイドショーでけっこう大きく扱われていた「野村沙知代初舞台。浅香光代と『梅川忠兵衛』」というネタは、私にとってはまさに「えっ⁉」であった。沙知代が女役で光代は男役、二人とも白塗りに目張りの舞台用フルメークで手を取り合いながらの記者会見をしていた。芝居の一幕を、それもラブシーンぽいところをちらっと演じてみせる大サービスもあり。すごかったなあ。だれの欲望が生んだ商品なのか。いや、浅香光代や女剣劇というものにはきっと一定の需要があるのだろうと思う。わからないのは、普段は客ではないけど「野村沙知代初舞台」という部分に引っかかる層だ。それはおそらく沙知代の講演会に足を運んだり、「快傑熟女!心配ご無用」に快哉《かいさい》を叫び、野村沙知代の出現・活躍に自分を重ね合わせてか、〝喜ばしく〟思っていたりする人たちなんだろう。

浅香光代の言い分によれば、野村沙知代は「カネに汚い」「礼儀知らず」「弱い者いじめばかり」「何でも人にやらせて、何様のつもり」で「良いところがひとつもない」人間らしい。浅香はこれを「サッチーの隠された素顔を暴露」という意味で言っているのだと思う。しかし、もしかしたら世の中（というか、サッチー支持層）は、これらを漠然とではあろうが承知したうえで沙知代を消費しているのかもしれない。そんなことまで思わせるくらい、沙知代をめぐる需要と供給は、私にとってわけがわからない。

私にとっては、「光代と沙知代舞台共演」と「光代と沙知代大ゲンカ」は同じなんだけど。どっちも遠くから「うわあ、すごいことになってるぞ」と、くわばらくわばら気分でながめるだけである。

薬丸裕英

「楽しみですねえ」

1999年4月22日　TBS系「はなまるマーケット」にて。
オープニング、いつもどおり今日の番組のメニューを紹介、流れるようなスムーズさでコメントも織り挟み、いつもどおり番組はスタート。

薬丸は、二十年後にみのもんたになるね。それほどの男だよ。今年の暮れには板東英二にはなっている。いや、すでに昨年秋の時点で、板東英二は抜いた。最近、朝のテレビで薬丸を見るたび、そんなことを考える。考えるというか、二十年後にみのもんたとなった薬丸の姿が目に浮かぶのだ。

本当に薬丸は、いい道を見つけたものである。その見つけた道がどんな道であるのかを説明しきるのは難しいのであるが、単に奥さま向け番組のパーソナリティーをそつなくこなして、主婦層の認知度を上げるということでたどり着けるものではない。たとえば、「ワイド！スクランブル」で司会をしている大和田獏は、まだそんな「道」をまったく見つけられていない。大和田獏は、何カ月か何年後かはわからないけど、いつか「奥さま相手」というフィールドから撤退していくはずである。が、薬丸は違う。本人にどんな人生設計があろうが、事務所に戦略があろうが、薬丸はあのフィールドに居続ける。

薬丸って、もう「はなまるカフェ」に住んでいるように見えないだろうか。そこが獏とのいちばんの違いであろう。「はなまるカフェ」が、どこでどう

（生放送だとは思うが）収録・放送されているのか知らないが、薬丸はそこに住んでるな。毎日、通ってくるスタッフや共演者を「おはよう」と言って迎えるのである。パジャマ姿で。いや、そんなことはどうでもいいのであるが、概念としての「住んでる」感は、毎日の帯番組を長くやっている、という〝時間〟をかけさえすれば得られるものでもない。

薬丸の〝住んでる〟感は、彼が「はなまるマーケット」に同化しているがゆえのものである。あの番組と「イコール」で結ばれるべきは、岡江久美子でも服部真湖でも斎藤アナでもなく、薬丸であることは間違いない。曜日がわりのパーソナリティー（服部真湖や早見優、原日出子など）には、多少の気負いがあるし、岡江久美子にはまだ少しばかりの仕事意識がある。斎藤アナには義務感と多少のヤマっ気が見られる。でも薬丸には、何も過不足がない。あえてリラックスしているわけでもなく、だからといって、どこもちゃんとしていない。「はなまるマーケット」という番組で、薬丸の「平常」は一ミリたりとも変形していない。同じパーセンテージの塩水をいくら足してもそのパーセンテージが変わらないように、「はなまる」と薬丸は同じ濃さなんだろうと思う。そんな薬丸は、そのうちどんな濃さの塩水と一緒にされても、なぜか自分の濃さにしてしまう、みのもんたの域にたどり着くのだ。どうやって濃さを調節するのかはわからない。何らかの濾過《ろか》装置を内蔵するのか。いや、どんなものでうすめても一〇〇%以下にならない、ものすごーくしょっぱい塩そのものになるのかも。非科学的ではあるけど、そんな気がする。

大橋巨泉

「そう、その（ボケ防止の）ためにに来てんだ」

1999年5月18日
テレビ東京系「開運！なんでも鑑定団」にて。
島田紳助の「引退したのに、どうして出てくるのか。ボケ防止か」というつっこみに答える。

大橋巨泉が、あたかも気の向いたときだけテレビに出てくるのも、もうよしとしよう。巨泉にそんな特権を与える筋合いはないような気もするが、実質的に「巨泉の少ないテレビ」を得られていると考えれば気も収まる。それに、累積増加し続ける芸能人にリタイアという道筋を啓蒙することになるかもしれないし。しかし、それも悠々自適のリタイア生活を体現してくれなければ成立しないと思うのだが、だったらアートネイチャーの毛沢山先生は失敗だったな。なんだ、巨泉も苦しいんじゃないのか、としか思えなかった。あのCM出演って、これまで築き上げてきた巨泉の悠々自適感を、ある意味ブチ壊したと思う。

巨泉が、半リタイアとでも言うべき今の状態をとるようになって何年たつのかはよく知らないが、もう巨泉の現役時代を絶対的な周知の事実とはできなくなりつつある感じがする。たとえば「ジャングルTVタモリの法則」にゲスト出演した巨泉を、あの番組をナインティナインや新山千春を目当てで見ているような視聴者はよく知らないと思う。そんな視聴者は、大物として扱われている巨泉を見て、巨泉は大物だと認識する。画面の中で表される、共演者同士の相互関係とか、扱われ方などによって、巨泉像は少しずつ改竄《かいざん》されていくのかもしれない。

それも考え含めて、いま、大橋巨泉を最も巨泉が望む形で迎えてくれるのは、この「なんでも鑑定団」だろう。紳助と、きつめのつっこみあいをすることで現役感を見せ、石坂浩二を兵ちゃんと呼び、明らかに上下関係にあることを見せて大物を証明、さらにアシスタントの女のコとも軽口をききあうことで何か（なんなのかわからんが）をアピール。「鑑定団」に出ている巨泉を見ると、巨泉はこういうふうになりたいのだな、ということがわかる。

この日も、オープニングで本来なら紳助が立つべき司会者の位置に立ち登場するというおふざけも披露。まさに悠々自適。

が、ここで巨泉は言うのである。「俺がプロデューサーにでもひとこと言えば、即、司会の座を取って代わることができる。だから紳助はビビっている」と。これまでにない、かなり強引な巨泉像の改竄である。現実問題として、紳助と巨泉ではもはや紳助だろう。

大橋巨泉は本当に芸能界を引退したのだろうか。今の状態は、もしかしたら逆に芸能人としての寿命を延ばすための、巧妙な作戦ではないかと思えてきた。露出する量を少なくすることは、巨泉の持つ「つまらなさ」も「嫌な感じ」も「いらない」も少量しか感じさせないということでもある。珍しさは、そのままありがたみと勘違いされやすい。そういえば、何か年々巨泉のテレビに出る量が少しずつ増えているような気がしないだろうか。この先どんどん増えるのか？　一年じゅう「閉店セール」をしている家具屋に似てないか？

織田裕二

「けっこう気さくな感じでね」

1999年8月25日　TBS系「'99世界陸上スペイン大会」にて。
メーン司会者として、独自の取材をもとに語る。
モーリス・グリーンかマイケル・ジョンソンの
どちらかについてのコメント。

しかし、「世界陸上」総合司会がどうして織田裕二なのだろう。それも二回連続で。まあ、こういうのは、少しでも奇抜な人選をした時点で、どうしたって「なんで」とか思われるんだろうけど。織田裕二は、事前にスペインへも行ってきたらしく、時折、独自の情報を交えたり、素人ならではの強引な推測を披露したりしながらメーン司会を務めているのである。

織田裕二のキャスターぶりはとりあえず置いておくとして、このところ、大きなスポーツ競技会は感動の提供ツールとして重宝されているわけである。オリンピックも各種世界選手権も「泣かせ番組」として見れば、にしきのあきらの二十四時間マラソンと同じところに分類されかねない。そんななか、この「世界陸上」は意外にもさらりとドライである。夫婦愛がどうしたとか病気を克服だとか、いろんな物語をからめようという傾向は見えなくもないけれど、あまりそちらへ流れない。

陸上という競技の特性のせいなのだろうか、あからさまに「能力」を見せつけられるために同情みたいなものを感じるに至らない。「よかったよかった

（泣）。おめでとう」というより「すげえ」なのである。あと、圧倒的な説得力で「日本人出る幕なし」を宣告されているというのも大きい。そういえば唯一得意らしいマラソンだけ、妙にウエットで日本好みとされているところも興味深い。現時点ではまだマラソンは行われていないけど、ちょっと心配だ。

ところで織田裕二であるが、これが反町隆史でも別所哲也（なんでだ。でも英語できるし）でも、青島健太や松岡修造、ましてや一茂でもきっとダメなんだろうと思う。かといってホストみたいなTBS若手アナウンサーでもどうかと思うし、ベテランスポーツアナもなあ。だれがやっても「良かあない」のなら、織田裕二という人選には〝ある意味〟の企業努力があるのかもしれない。人気者だからな織田ちゃん。ただ、織田裕二は落ち着きがないな。あのキャスター席みたいなところに座っている人（キャスター）は大きな動きをしないのが常なだけに、そう見えるのかもしれないけど。でも動きすぎ。

しかし、そんなことよりも織田裕二が「世界陸上」メーンキャスターとして外国人選手に「対」するとき、なぜかハラハラするな。日本国内で収まるところでは、いくら、M・ジョンソンあたりに「彼はやってくれますよ」とか言ってもいいが、本人にはさ。きっと、何だろこの日本人とか思われてるんじゃないかと思うと、なぜか私は恥ずかしい。なんで私が赤面せにゃならんのか、とは思うが。このないだの宇多田ヒカルの英語での記者会見のときも恥ずかしかった。共演者と自分を同等に「私たち」とくくったところとか、もう私、真っ赤っす。ま、共演者(TLC、モニカ)のこともよくは知らないんだけど。なんだかよくわからないが、世界を相手にするってのは難しい。

笑福亭鶴瓶

「だんだんキレイに
なってきはりますよね」

1999年9月2日　フジテレビ系「笑っていいとも！」にて。
登場した鈴木その子を見て、しみじみと言う。

タモリの「スペシャルコメンテーター、鈴木その子さんです」という紹介で登場した鈴木その子は、客席のほとんどを占める女性客の大歓声で迎えられるのであった。「その子さあん!」「先生!」「きゃあ!」「カワイイッ」「キレイ!」「細ーい」などという声が無数にかかり、鈴木その子は、それにこたえるように客席に向かって手を振っている。手を振ると、また歓声が上がる。しばし収拾がつかない。沈静するまでステージ上の進行はストップする。これが典型的な最近の鈴木その子に対する客の受け入れ方である。完全な「人気者」の状態だ。

そして鶴瓶は、つっこみという意味でもなく茶化すふうでもなく、まじめに冒頭の「だんだんキレイに」発言をしたのである。さらに、客はもちろん、タモリほかの共演者も、その発言に対して何ら違和感を訴えなかったのだ。「鈴木その子は、だんだんキレイになってきている」というのは正しい見解ということか。

しかし、人間というのは慣れるものである。本当に慣れる。もっとすごいのは、慣れていなかったころのことを忘れてしまうことだ。野村沙知代だってそうだった。初めて見たときの邪悪な不快感を、慣れが消し去ってしまったわけである。本当は何ひとつ変わってても、薄まってもいないのに、世の中は勝手に慣れて、「サッチー、ステキ」と言うまでに麻痺してしまった。野村沙知代の一連の騒動による呼び戻しは、ある意味、当初抱いた「邪悪」を思い出したということだと思う。でも、思い出して慣れる前に戻るなどということは、めったにない。もうひとつの例として梅宮アンナをあげるが、羽賀研二とのことが持ち上がる前は梅宮アンナなんてだれも知らなかったことを、だれもが忘れている。私ははっきりと覚えているが、その一報は「プレイボーイ・羽賀の今度のお相手は梅宮辰夫の娘」という文脈だった。アンナのアの字もなかったことを、しばらく世の中は思い出さない気らしい。

鈴木その子が初めて本格的にバラエティー番組に出るようになったのは、「未来ナース」という深夜番組だった。相手役を務めた浅草キッドは、毎回、「鈴木その子が見れるのは『未来ナース』だけ!」というキャッチフレーズを叫んでいた。この意味は大きい。これは「その子をイジれるのはウチだけ」、すなわち「その子はイジってはいけなかった」という、かつての（慣れる前の）鈴木その子の質感を今に伝えているのである。その後、鈴木その子はだれでもイジることができるようになったが、あのころはアンタッチャブルなバリアの中にいた。じっと見てはいけないような気がした。しかし、慣れた。なぜか。浅草キッドの先兵としての功績もあるだろうが、照明ネタのネタばらしも大きかったと思う。どんどんキレイになってきているのではなく、どんどんこっちが慣れていっているのだ。

RIKACO

「見ました？　テレビ」

1999年9月23日　フジテレビ系「笑っていいとも！」にて。
テレフォンショッキングに登場。
ざっくばらんなトークの途中、会場の客に2日前に
放送された他局のスペシャル番組について問いかける。

結婚や出産を機にポジショニングを変える女性タレントはたくさんいる。RIKACO（村上里佳子）もその一人であることは確かだけれど、ある意味「別格」な感じを漂わせることに成功しているように見える。よくはわからんが盤石にすら思える。もう何のプレッシャーもなしに、芸能界というかテレビ界を悠々と好きなように泳ぎ回っている、という感じだ。しかし、その「悠々」は、そうすることを世間が本当に許可したのだろうか。きっと私の知らないところで、「悠々免許」みたいなものの申請と交付が執り行われたのかもしれない。そうやって私の知らないところでいろんな契約が結ばれて、そして世の中はぐるぐると回っているわけか。スムーズでイイ感じで。

RIKACOの、ここ一、二年の地盤固めのごとき自分の打ち出し方は、しかしながら非常に見事だ。今回冒頭にあげた、ステージ上から客席に向かっての「見ました？　テレビ」のひとことを、RIKACOはテーブルにひじをつきながら片手で頰づえをつくようなポーズで投げかけた。それはテレビ画面の中にあっては非日常的に「崩した」ポーズであり、何様のつもりだと幾多の非難を浴びた関口宏のあの「解答者席にひじをつき傾くポーズ」よりも、さらに数段上をいくポーズであろう。しかし、そんな慣れ慣れ感満々のポーズで客席に他愛のない問いかけ（「あのテレビ見た？」ってのは、これ以上ない〝他愛のない〟話題である）をし、客席からまた「見たー」などという返りがあったりするというコール＆レスポンスの風景を、テレビを通して〝見せる〟ことで、確かに何かが発生するのである。そういえばＲＩＫＡＣＯはちょっとしたことで客に同意を求めたりすることが多いな。フレンドリーな感じだ。

もうひとつ注目したい点が、同じくこの日の「いいとも」で明らかにされた。最近「いいとも」では、オープニングからＣＭにいく際に、画面スミに次コーナーである「テレフォンショッキング」のゲストを指し示すテロップが出される。たとえば「みんなのアイドル広末涼子登場！」といったベタな当たり障りのない勢いづけみたいなものである。しかしＲＩＫＡＣＯに冠せられたフレーズは「理想の夫婦ナンバーワン」であったのだ。なるほどなあ。無名の役者と、それも「才能に惚れた」とまで明言して結婚し、その夫が絵に描いたようなブレイクを見せる。これは何をもって「成功」「失敗」とするか不鮮明な結婚というものにおいて、「幸福」などという抽象的な主観の自己申告よりもずっとわかりやすく明確な「成功」の図なのだ。RIKACOは「勝った」のである。さすがアネゴ、を証明したともいえる。そしてこの「さすが」に共鳴する人たちとの間に、RIKACOは契約を結んだのだ。勝者は悠々と迷うことなくこの道を行くことを許可されたってことなのだなあ。

ガレッジセール

「どうすればさんまさんに好かれますか」

1999年9月28日　日本テレビ系
「踊る踊る踊る！さんま御殿!!スペシャル」にて。
番組初出演の若手コンビ、ガレッジセールが
ラサール石井らに質問。

明石家さんまはトークの天才である、ということになっている。ここ一～二年ほどで、それは一般の視聴者にも浸透した。この「踊る！さんま御殿!!」という番組も、多人数のゲストとさんまとの関係性はあくまで「VS（バーサス）」であり、いわば百人組手（一人が次々に百人の違う相手と戦っていく空手の荒行）のようなものである。明石家さんまが天才かどうかは置いておくとしても、このような百人組手的なトーク番組においては最強であることは事実だろう。百人組手が、トークというものの本流・亜流どのへんにあるのかは知らないが。

かつての明石家さんまは、仕切られる側の大勢の中の一人として並んだとき、著しくバランスを壊した。さっきの百人組手でいえば、百人の中の一人としている場合のことだ。たとえば「笑っていいとも！」に出ていたころ、年に一回のスペシャル番組で、全曜日の全レギュラーがステージ上に集うことがあったが、やはりさんまは力ずくでバランスを壊していたものである。さんま天才説が浸透してしまった今となっては、さんまをほか大勢と同一線上に並べて扱うということ自体、もうありえないことだと思うが。

明石家さんまがトークの天才であると認知されたことでいちばん大きいのは、さんまが天才であるということではなく、さんまがやっているタイプのトーク形式が本流（のひとつ）であることが認知されたというほうにあると思う。

このさんま流のトークが本流とされるようになったことは、テレビ全体にかなりの影響を及ぼしている。さんまはしばしば番組の中で「トークのハウツー」を教授する。後輩や若手に対して、「どうしてそこでもひとつボケへんねや」とか「今のはグーよ」などと、レクチャーしている風景はすでにおなじみだ。「さんま御殿」という番組は、そういった「さんまのハウツー」をどれくらいマスターしているかの報告会として見ることもできる。さらに、その報告会がまがりなりにも番組として成立しているのは、「さんまのハウツー」が視聴者にも教育されているからだ。

もうひとつ、バラエティーに出ることをやぶさかでないとするタレント（ということはほとんどのタレントということだが）の総芸人化というのもある。能力の有無にかかわらず、ハウツーだけをにわかマスターして、その気になっているタレントがめっきり増えている。見る側も、そのトーク自体のおもしろさで判断せずに「いいタイミングでボケたから」などということで「おもしろい」と認識をしてしまったりしている。

今のところ、視聴者はそんなハウツーによるトーク教室みたいな状況をおもしろがっているけど、これもネタばらしというか楽屋オチの一種ではある。内輪ネタと言ってもいいはずなのに、首をつっこむ人数が多いと、内輪な感じが薄れるわけだ。

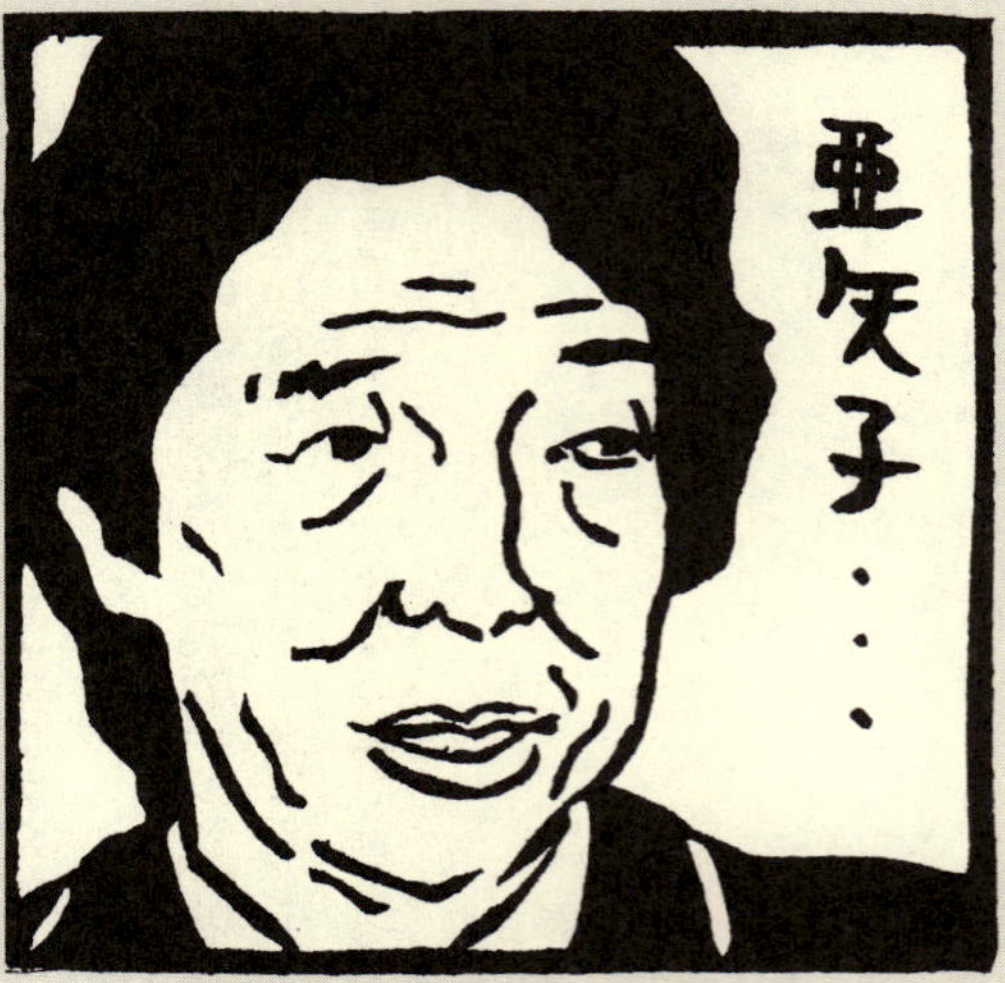

沢田亜矢子

「人のこと言えないけど、男見る目ないわね」

1999年10月6日　テレビ朝日系「目撃！ドキュン」にて。
スタジオに来たバカ夫婦に向かっての発言。
イラストは現在争議中の元夫・松野氏。

　この九月下旬から十月にかけて、テレビは特別番組の連続だった。そんななか、改めて思い知らされたのはテレビの圧倒的な下世話化である。今始まったことじゃないし、知ってはいたつもりだったけど、それにしてもすごいな。ここ二週間ばかりのテレビ番組欄をながめてみたのだが、あまりすごいのでちょっと挙げてみる。

「愛する二人別れる二人　その後の人生スペシャル」「衝撃！カメラは見た!!壮絶夫婦ゲンカ！ダメ夫に妻ブチギレ実況中継スペシャル」「愛する二人別れる二人　史上最低の〝悪女〟スペシャル」「壮絶バトル！花の芸能界　男と女!!魑魅魍魎《ちみもうりよう》の館」「快傑熟女！心配ご無用　史上最強の人生相談スペシャル!!」

　ふー。「渡る世間は鬼ばかり　最終回スペシャル」は、この中に入れないでおく。迷ったけど。しかし、テレビってこんなだったっけ。今年の春の特番期はここまであからさまじゃなかったと思うのだが、この一九九九年秋というのは、テレビの下世話化に関してひとつのポイントになる通過点だと思う。終息に向かうのであれば折り返し地点となるだろうし、さらにこじらせるのであればターボスイッチオンの記念すべき瞬間だ。さっき挙げたスペシャル番組のうち二つ以上見たという人は、間違いなく当事者である。あなたが世の中を下世話へ走らせる発動機になっているのだ。

　ところで、沢田亜矢子もパネラーとして他人の夫婦生活にアドバイスする「目撃!・ドキュン」。少し前まで「バラ珍」をパクったような番組だったはずなのに、いつの間にか「愛する二人別れる二人」のパクリ番組になっていた。いや、「お前がこんなところに出て人のこと、とやかく言ってる場合か」というのは、「愛する二人別れる二人」で素人夫婦の夫がみのもんたに「じゃあテメエ、女はいねエのかよォ」と叫んだ一件ですぐに「それはそれ、これはこれ」というスタンスが確立されていると思うのでいい。そんなことより、スポーツ紙などで報じられた「性交渉ビデオ提出」って。うわあ。その昔、佐良《さがら》直美とキャッシーのレズビアン疑惑をしつこく追求し続けた梨元が、それを理由に番組を降ろされた。あれは、そのネタが「テレビ」というものの許容範囲からはみ出しているという判断があったからだった。そう考えると許容範囲が広がってるなあ。タブーがなくなるということはいいことと思うが、ある一方向にだけだから。それもこんな方向。

どうしよう、沢田亜矢子と松野氏の〝性交渉ビデオ〟が流出したら。流出したって見る機会もないわけだが。しかし、そんなビデオが存在し、裁判所に提出されているかもしれない、それで儲けようとしている人が裏流出?などと考えると何ともいえない嫌な気持ちになる、その嫌な気持ちを引き受けなければならないことが、世の中の下世話化のツケではないか。

国分太一

「あ、あれじゃない？」

1999年10月26日　TBS系「ガチンコ！」にて。
アマチュアロックバンドから「行方不明になったメンバーを捜してほしい」と依頼され、見つけ出したメンバーをライブハウスに呼び出した。来るか来ないかと待っていたときに人影を見つけて叫ぶ。

「やらせ」というのはいけないことなのである。あってはならない「悪」である。テレビの中に「やらせ」を見つけたら、指摘して糾弾しなければいけない。最近では「愛する二人別れる二人」の素人出演者はやらせ（仕込み）ではないのかなどと話題になっている。あの番組に関しては、というよりバラエティー番組の場合は、やらせでもマジでもどうでもいいと思う。どちらにしたって「こんな番組にしたい」というコントロール（演出）の結果であり、結果（番組）を判断すればいいことである。私は、あれがやらせによってつくりだされた架空の世界であっても、ドキュメンタリーであっても、〝嫌〟である。しかし、やらせに対する「嘆き」より、あの番組がやらせなしのドキュメントだとした場合のほうに、より深い「嘆き」があるのは事実である。

ああ、せめてやらせであってくれ、と逆に願ってしまう状況に、最近はしばしばお目にかかる。で、それのすごいやつを先日見た。それは「ガチンコ！」というＴＯＫＩＯの番組の中のひとネタだった。アマチュアのロックバンドから「バンドのリーダー的存在だったボーカルが突然仲間の前から姿を消し、行方がわからない。バンドに戻ってほしいので捜してほしい」という依頼。さっそくＴＯＫＩＯ（城島・山口・国分）は捜し当てる。見つけたそのボーカルは、バンド時代のときとは一変した姿（髪を黒く戻し、服装もフツー）になっており、もう戻る気はないと拒否するのだ。もう二十八歳だというボーカルは、「もう見切った。やめる」という心情になり、姿を消したらしい。そんなボーカルを、ものすごく類型的なロックのカッコウ（色髪、化粧、奇抜な服）したメンバーが「オマエ、どうしたんだよそのカッコ」「ふざけんじゃねえよ」となじっているのだ。見ているこちらとしては、明らかにボーカルの分別のほうが賢明であることは確かなのに。意見の折り合いも見られぬまま、「明日の夜、ライブハウスで待ってるから来てくれ」と言い残してバンドメンバーは帰っていった。

さあ、約束の日、メンバーはステージ上にスタンバイしてボーカルが来てくれることを祈りつつ待つ。約束の時間、やっぱり来てくれないのかと思った瞬間、ボーカルは来た。それも金髪・メーク・フル衣装の姿で。

これ、どうよ？　コント？　これじゃいくらなんでも感動はせんだろう。本当に思ったけど、これがやらせでありますように。あのボーカルは最初からこうして戻ると決まっていた出来レースでありますように。こんなペラペラな現実が、本当に存在するなんて信じたくない。ボーカル、駆けつけてステージに上がり「お待たせ」って言ってたからな。とてつもないな。「自分は何になりたいか考えて、ロックスターになろうと決めた」とも言っていた。この人たちが実在の人物じゃありませんように。

古舘伊知郎

「理屈じゃありません」

1999年11月21日
日本テレビ系「おしゃれカンケイ」にて。
ゲストの松田聖子登場に異様な歓声を上げる観客を
見渡しながらのひとこと。

松田聖子がテレビに出まくっている。松田聖子がテレビから消えたことを別段どうとも思っていなかった私でも、この状況を「復帰・復活」と感じるほどの露出である。そして松田聖子は、以前にも増して歓迎され、ありがたがられている。

事実がどうであったかは知らないけど、松田聖子がここしばらくテレビから姿を消していたのは、再婚時のテレビ局とのトラブルに端を発するいざこざのせいで、いわゆる「ホサレた」からであると認識されていたはずである。そういった図式として考えれば、このテレビ復帰はテレビ側のお許しが出たからということであり、テレビが松田聖子にお灸をすえたというようなことである。

比べること自体どうなのかとも思うのだが、私は田原俊彦の「お灸」をどうしても思い出してしまう。どちらも「売れてるからってナメんな」と、テレビにお灸をすえられたわけである。しかし、松田聖子はこうで田原俊彦はああだ。松田聖子はすえられたお灸で血行が良くなって帰ってきたのに、田原俊彦はなあ。もぐさの火種が引火して焼けちゃった感じだ。家も自分も。ちょっと「笑点」的にうまいたとえか。そうでもないか。松田聖子のこのスムーズな復帰ぶりに、私は興味をそそられる。「あ、松田聖子のことも、まだ要るんだ」という感じだ。

私は、「松田聖子いらない派」であるから逆に興味があるのである。松田聖子が、やっと許されて（重ねて言うが、本当のところはどうだったかというより、そう認識されていたということ）テレビに戻ったときに、卑屈な感じとかやられた感じを全く感じさせないことが、すべての好転の基本にあると思う。田原俊彦はバッシング（お灸）以降、何もかもが哀しかったから悪循環が始まったのである。

テレビ（メディア）の中では、周囲から「偉い」と言われている人が偉く見える。偉い人として扱われていなければ、その人は偉く見えない。芸能人としてのポジショニングは、いろんな番組での共演者との関係性の見せ方の積み重ねでできあがっていくといえる。今回の松田聖子のスムーズな感じというのも、出演番組内での共演者、もしくは（公開番組の）客との関係性でできあがったものだ。客は最大級の歓声とどよめきで「得した感」を伝え、共演者は「うわあ、本物だ」（今回これがやたら多い）と「特別感」を伝える。その様子は、松田聖子の神通力みたいなものが全く衰えていないという扱いで「歓待される模様」の中継であるわけだ。その中継を見ている視聴者は、そこに「神通力」そのものを見ることはなくても、神通力にひれ伏す人々を見ることで神通力の存在を見てしまうのである。からくりといえばからくりだけど、メディアの中の物事はほとんどこのからくりを事実としている。やっぱり松田聖子は「要る」ということなのだろう。そうでしたか、やっぱり。

小耳はさまれ・オブ・ザ・イヤー 2000

（右ページ 上から下に）田村亮子／松崎しげる／久米宏／華原朋美／吉田栄作／郷ひろみ／原千晶／中条きよし／安達祐実／野口五郎／大澄賢也／香取慎吾／稲川淳二／周富徳／ケイン・コスギ／杉良太郎／高知東生／山下真司／森光子／おすぎとピーコ　（左ページ）ヨーコ・ゼッターランド／坪内ミキ子／三田佳子／西城秀樹／ともさかりえ／原千晶／近藤サト／浜田雅功／木村拓哉／中山秀征／林寛子／松田聖子／三遊亭円楽／ RIKACO ／石田純一／松田聖子／うつみ宮土理／草彅剛／鳩山由紀夫／松平康隆／野口五郎／船越雅史／鹿賀丈史／田代尚子／田村亮子／高嶋ちさ子／木村拓哉／松田聖子／渡辺謙／舞の海秀平

田村亮子

「十年間勝ち続ける難しさというか」

1999年12月15日
フジテレビ系「プロ野球ニュース」にて。
福岡国際柔道で10連覇を達成したヤワラちゃん。
柔道人生を語る。

福岡国際柔道で十連覇の偉業を達成してのおめでとう出演だった田村亮子選手。ピンクのタートルネックに赤いチェックのジャケット姿のヤワラちゃんは、木佐アナほかの「プロ野球ニュース」レギュラーばかりか「ニュースＪＡＰＡＮ」の安藤キャスターからも「女っぽくなった」と大評判。試合中の道着姿の勇ましさと打って変わった私服姿の艶《あで》やかさは、ヤワラちゃんの魅力のひとつだ。夏場は、胸元がざっくりと開いた私服なんか着て、私たちをどぎまぎとさせたけど、冬になり、「隠すお色気」にチェンジしたみたいなので、ホッとひと息だ。

と、ここまで完全に人格を変えて書き進めてきたが、この日の「プロ野球ニュース」は和気あいあいと終始にこやかで、しかしちょっとイイ話で感心もさせて、ヤワラちゃんはゲストという役割を「完遂」したのであった。私はある意味では感心すらしながら、しかしやはりちょっと辟易《へきえき》して、その様子を見ていた。いや、いまどき「スポーツ選手は黙して語らずが良」などと思ってい るわけではない。べつに口数が多かろうがお調子者であろうが構わないのであるが、どうも田村亮子の「語り」に私は違和感を覚えてしまう。

それは、口数が多いとか、しゃべりすぎだとかいう次元の問題ではないように思う。田村亮子が自分について語るときの、自分を認識する視線の問題だ。たとえば「十連覇の偉業を達成」というフレーズは、見ている側（世間）が使うものである。当事者（ここではヤワラちゃん）には、〝十連覇〟はともかく〝偉業〟を〝達成〟という視線はないものと思いたいところがある。もちろん当人に「私は十連覇の偉業を達成しました」と言う権利はある。でも、持ってる権利をすべて行使することもないだろう、とも思う。

自分の「どこがすごいか」を客観的に把握することは悪いことではないけれど、田村亮子の場合、「自分で把握すべき自分のすごさ」よりも先に「世の中から思われているヤワラちゃんのすごさ」を見てしまっているように思えてならない。だから「プロ野球ニュース」で木佐アナがするような「ヤワラちゃんってスゴーい」というレベルの視線に基づく質問、インタビューにおいて、田村亮子の「自分語り」は見事に過不足なくシンクロし、当然よどみなく冗舌なわけである。

これは田村亮子に限らず最近とても多い。メディアの中でできあがった自分像を、自らなぞってしまうのである。すると世間(見ている側)は、これまでメディアを通して認識してきたその選手像を、「あ、本当なんだあ。思ったとおり」と確認する。選手は、またそれをなぞる。この繰り返しで、本当は歪んでいたり肥大していたりする「像」が、どんどん太線でくっきりとしてくるのである。田村亮子に限ったことではないけれど、田村亮子の太線状況が日本でも屈指であることは確かだ。

「２時のホント」にて

「ディナーショーキング、松崎しげるさんの魅力とは！」

1999年12月20日　クリスマスから年末年始、
全国のホテルなどで催されるディナーショー。
ステージ数、6年連続トップのキング・松崎に密着取材。

ディナーショーというのは、季節に関係なく一年中いつでも行われているものらしいが、やはり冬場がピークであろう。クリスマス前から新年にかけて、全国津々浦々で星の数ほどのディナーショーが連日、執り行われているのである。日本列島が含有する「ゴージャス」の絶対値が、一年のうちで最も高い期間であろう。

私は二、三年前まで、ディナーショーというのは会場に設置されたたくさんの丸テーブルで食事をしながらショーを見るものだと思っていた。ラウンジバーとかレストランの生バンド演奏と混同していたようだ。しかし、実際はディナーとショーは完全に分離しているわけである。今さらこんなディナーショー基礎知識を書いてもしょうがないのであるが。もの食ってる人の前で歌うって、ちょっと間抜け、とも思っていたのだが、ショーは完全にショーなわけである。

この「ディナーショーキング　松崎しげる密着」というリポートでも、そのショー部分のちゃんとしてる加減（べつにディナーショーだから手抜きしていると思っていたわけでもないけど）を強調していた。機材車で何トンもの機材を搬入したり、規定の時間をオーバーしそうなくらいに完全燃焼する、というようなキング・松崎のエネルギッシュステージ、らしい。

そうなると、よけいに気になるのはディナーショーというものの意味だ。ディナーショーが企画されるのは、催すホテル（等）側の商売もあるだろう。しかし、客のほうにも、松崎しげるが厚生年金会館でやるコンサートには行かないけど、ディナーショーには行く、という考え方の人も多いと思うのである。もちろん、生粋のしげるファンで、松崎しげるなら何であっても行く、という人もいるだろうけど。この時期、いろんな所で目にする、だれそれがどこそこでディナーショーをやるという情報によれば（よく新聞の下段とかに入っていたりする）、ディナーショー映えする演者という存在を考えさせられる。近くの市民会館でのコンサートなら行かないけど、ディナーショーだったら行く、というディナーショーでしか成立しない人選。いや、あくまでもイメージだけど。

今年のプリンスホテルのラインアップを参照すると、平尾昌晃、園まり、ワイルドワンズなどの懐メロ系、木の実ナナや元宝塚の人などの血中ゴージャス度高い系などがそんなイメージだ。あと、九八年には「浅香光代&野村沙知代熟女対決ディナーショー」というものが存在したという記録もある（プリンスホテルじゃないけど）。モメる以前の仲良し時代のことである。食事付きとはいえ、安くはないというのに、逆に「（ショーを）見る」という部分において何かをマヒさせるところがディナーショーにはあると思う。「古谷一行ディナーショー」でも「地井武男ディナーショー」でも、ヘタすると客入りそうである。

郷ひろみ

「この、ジャケットプレーですか」

2000年1月26日　TBS系「ビッグ・ウェンズデイ」にて。
上着をはだけて一瞬肩を抜いて戻す得意の振り付けを
「ジャケットプレー」と自ら命名したらしい。

いまや、郷ひろみといえばつきものといった感すらある、あの上着を肩から一瞬抜いて元に戻すというダンスの振りを「ジャケットプレー」というそうだ。ダチョウ倶楽部の上島竜兵が、まわりから寄ってたかってつっ込まれて窮地に追い込まれたとき、「う、訴えてやる!」と床に帽子をたたきつけるギャグがあるが、あれを「怒《おこ》り帽《ぼう》」と呼ぶらしい。なぜだかわからないが、「ジャケットプレー」と聞いた瞬間に、この「怒り帽」を思い出した。以来、二つを同類のものとして私は認識している。郷ひろみと上島竜兵すら、ダブって見えるほどだ。

バラエティーでも歌番組でも、いま郷ひろみを迎えるときには「カッコイイですねえ、郷さん」という言葉で始まる。本当にかなりの確率で「カッコイイですねえ、郷さん」は発せられている。そして「カッコイイですねえ、郷さん」というのは、過不足なく郷ひろみを言い表しているのかもしれない。なぜか口に出して言ってしまうという点と、「ですねえ」の「え」のあたりに独特というか不思議がひそんでいる。

どうして人は（ってくり方もデカすぎるが）郷ひろみを前にしたときに「カッコイイですねえ、郷さん」と言ってしまうのか。

まず考えなければいけないのは、「郷ひろみはカッコイイのか」という問題である。いや、世間が芸能人に下す評価の乱暴さを考えれば、「郷ひろみはカッコイイ」には何の間違いもない。同じように、あの「ジャケットプレー」も「カッコイイ」ということに間違いはない。しかし、ちょっと半笑いな気持ちがあるはずだ。この「半笑い」の「半」が指し示す割合は人によってそれぞれだと思う。高いチケットを買って郷ひろみのディナーショーに行くようなファンは、極めて低い割合でしか含有していないだろうし（安全基準値以下で人体に影響がないので自覚に至らない）、「半」ではすまないほどの割合の人もいるわけだ。郷ひろみの踊りというのは、ま、私は専門的なことは何も知らないで言っているわけだけど、キレだとかリズム感に関しては何のズレもないのだろうけれど、ちょっと変なところがある。手放しでうっとりはできない何かが。べつにすべての人をうっとりさせなくてもいいわけだけど。そんなこんなの、わき出てくる「妙」なものをひとことで言い表すことが困難であるから、「カッコイイですねえ、郷さん」と言葉で言いきってしまうのだと思う。

郷ひろみの「ジャケットプレー」なるものは、上島の「怒り帽」と同様、「持ちギャグ」と考えていこうと思う。お待ちかねのギャグを見たいがために、人がお膳立てをすることはよくあること。そんな「筋振《すじふ》り」が「カッコイイですねえ、郷さん」なのである。そう考えるほうがまだわかりやすい。「郷ひろみ」と「カッコイイ」の複雑な関係性は、難敵である。

香取慎吾

「俺の人生はばたいてるぜ！」

2000年3月6日　フジテレビ系「SMAP×SMAP」にて。
ビストロ SMAP で勝利し、
ゲストの森光子にキスをしたあと叫ぶ。

よりおいしい料理を作ってくれた人に、ゲストからごほうびとしてキスが贈られる、というのが「ビストロSMAP」のしきたりである。今さら説明するのもまぬけではあるが。各人のコック帽には、これまでに獲得したキスの数が表示されており、そうしたゲーム的な意味においてはどんなゲストからのキスも一勝は一勝として「勝利の喜び」であり、「やったあ！」のガッツポーズも出てしかりではある。とは言え、キスを贈るゲストによって、その「ごほうび感」がさまざまに揺れるという現実は否めないところだ。

たとえば久本や磯野貴理子のように、罰ゲーム扱いできるものはいいのだ。あくまでも「ごほうび」としなければならないという枷《かせ》をとっ払えないものがきつい。いや、別にSMAPの身になり代わって「きつい」と言っているわけではなく、その無理やりなごほうびを与えているゲストとそれを授かるSMAPという、テレビの図式がきついのである。泉ピン子、きつかったあ。日本芸能界のあらゆる「きつさ」さが、凝縮されていたと言っても過言でないほどに、全方位的にきつかった。女優って何？　大物って？　地位と名声とは？　富って？　貧乏って？　たたきあげって何？　橋田壽賀子ってだれ？　というくらいのもんだった。でも泉ピン子の場合は見ている側に、気持ちをひとつにできる言葉「（SMAPが）かわいそう」もしくは「要らねえー」が瞬時に決まるのでまだいい。仁科亜季子だとか中嶋朋子といった確かにきついんだけど、どんな言葉で言い表すのが最適なのかが難しいというのが実はいちばん厄介だ。

そして、この日の森光子。一九二〇年生まれ。おばあさん。しかし、いつまでも少女のよう（定番フレーズ）。芸能界の母。ジャニーズ事務所との癒着。先輩東山の彼女。森光子に何かあれば馳せ参じるジャニーズ軍団にSMAP（中居以外）は含まれていないというのは何故か。いろんなことと一緒にそこに立っている森光子は、ただのおばあさんではないわけである。森光子がごほうびのキスをふるまうのであれば、まだ穏便に事は済んだのかもしれない。しかし、森光子はキスを「してくれ」と所望し、何故か香取慎吾は、目を閉じアゴを上げて〝待つ〟少女のような（定番フレーズ）森光子の唇にキスをしなければならない状況に立たされた。逡巡《しゅんじゅん》する香取。そりゃそうだろう。他のメンバーは、それをニヤついて見ている。何か、この時の香取慎吾は「芸能」というものの ある一面のいろんな澱《おり》とか灰汁《あく》みたいなものを全部背負い込んでいたのかもしれないと思った。しかし、キス敢行。そしてそのあと、虚空へ向かって叫んだのが見出しに挙げたセリフである。香取本人が、何を込めて叫んだのかその真意は知る術《すべ》もないが、とりあえず「ご苦労様」とねぎらいたい気はする。

SMAPも生きている。

周富徳

（カメラマンを蹴り）
「足ふんだから」

2000年3月20日
日本テレビ系「ルックルックこんにちは」にて。
脱税疑惑を突撃リポート。しつこく追う取材クルーに
怒った周富徳が、カメラマンに蹴りを入れる。

周富徳・富輝の兄弟がそろって所得隠しをしているらしいという噂を追っていた。意外なほどしおらしい対応をした弟・富輝とは対照的に、兄・富徳はスパークしていた。その脱税とまでいわれていたかなり巨額な申告漏れについては、真実なのか単なる噂なのかわからないのだが、とりあえずそれはどっちでもいいとして、周富徳の蹴りはすごかったなあ。もう、取材の趣旨である、疑惑に関してどのようなコメントをしたとかいうことなどすべて吹っ飛び、見ている側の印象も取材している側のポイントも、「富徳キック」に集まってしまった。もちろん番組は、富徳キック炸裂《さくれつ》の瞬間を何度も何度も繰り返して流す。途中で止めたり逆回転させせないだけまだまし（「スターどっきり㊙報告」ふう）ってくらいのもんだ。

周富徳が怒ってカメラマンを蹴ったということは、だから「脱税をしているに違いない」ということには結びつかないわけだが、少なくとも「いつもの周さんと違う」ということにはなるわけだ。やはりそれは「周富徳大失敗」ということになる。「なんか、いつもの周さんじゃない」というのは、「いつもの」

がベビーフェースである場合はかなりのマイナスだ。垣間見えてしまったもの、隠し切れなくてこぼれてしまったと見えるものを「真実」と取ってしまうのが世の常である。

　私は、周富徳が善人でも悪人でもどっちでもいいのだが、「怒り」を「蹴り」に直結させるということ自体には興味をそそられる。なかなかいないぞ、大人で本気キックする人。いや、行くとこに行けばいるんだろうけど（どこだ）。あと、これは前にも思ったことがあるのだが、「料理服を脱いだ料理人」という問題である。いや、べつに問題じゃないんだけど。

　周富徳をはじめ有名料理人は、いつも決まった料理服を着ている。多くの場合、胸元などに自分の経営もしくは所属する「店」の名前が入っていたりする。そのへんにテレビのからくり的構造が集約されてるのだろうし、終わる気配も見えない「料理人ブーム」の秘密もありそうであるが。そんなことより、たまにそんな料理人が私服でテレビに出てたりすると、意外なほどイメージが変わっているので驚く。で、その中でも周富徳はかなりの変化率なのだ。この富徳キック炸裂のときも私服姿だったのだが、黒ずくめに近いうえに、たしかスカジャン着てたような気がする。着てなかったらごめん。でも着てたような気がしてならない。ってことは着てたも同然とはいえまいか。いつもの、長くて白いコック帽と白衣という「白」のイメージから「黒」へ。そんな服の色ごときで人の中身まで判断するなんて単純なことはオレはしないよ、と思うだろうけど、これが意外に影響受けてしまうものなのである。とりあえず、周富徳は公私にかかわらずコック帽だけはかぶっといたほうが、現在のポジションを長く保てると思った。

吉本興業のコメント

**「浜田の口から直接、
番組内でおわびさせるかどうかは、
まだ決めておりません」**

2000年7月6日　各スポーツ紙上にて。
ダウンタウン浜田の「倉木麻衣、宇多田のパクリやん」
発言に対する倉木側からの抗議を受けて。

「17歳歌姫場外乱闘」（日刊スポーツ）というフレーズは、見事にスポーツ新聞的で、なんか何十年も前から使われ続けてきた定番みたいにも思える。

いまさらながらではあるが、この騒ぎの概要を説明すると、六月の末ごろに放送されたダウンタウン司会の歌番組「ＨＥＹ！ＨＥＹ！ＨＥＹ！」で、ダウンタウン浜田が「倉木麻衣は宇多田のパクリやん。どう思う？」とゲストの宇多田ヒカルに水を向けたところ、宇多田も（続けたコメントでフォローはしたもの）、「最初聞いたとき、自分かと思った」と同調。それに対して倉木の事務所側からフジテレビと吉本興業に対して、内容証明による抗議がされた、ということである。

マスコミによれば、「パクリと言われたショックで、倉木は高校へも通えないほど」とのこと。どうやらフジテレビと吉本興業は倉木側に謝罪することになるらしい。

どうも、全体的に間抜けな感じのする騒ぎである。だって、パクリだもん。と、これはわざと乱暴な言い方をしてみたのであるが、ポイントは「パクリ」

という言葉にあると思う。「盗作」「盗用」ではなく「パクリ」。たしかに、ちゃんとした辞書的な日本語に直せば「盗作・盗用」という意味を含むことになるのであろうが、「パクリ」ってちょっとニュアンスが違う。正確に「パクリ」という言葉を定義するのは難しいが、ただ「パクリ」と言われて「内容証明で抗議」というのは、ちょっとアンバランスなおかしみを醸し出してしまっている。

これは、倉木側は抗議しないほうがよかったのに。「倉本麻衣って宇多田ヒカルのパクリだったの⁉ ショック！」と思う人は、いまさらいないだろうが、「パクリだと思われてなかったと思ってたのか」と思った人はたくさんいただろうから。なんか、妙な感じで世間を立ち止まらせてしまったということにはならないだろうか。

そんな「歌姫場外乱闘」の行く末より、私はいわゆる「ピー音」の今後が心配だ。この騒動で「ピー音」に変な正当性がついてしまったりしないだろうか。「やっぱり必要なモノである」と認識を新たにする、とかいうことになったりしたら困る。「正当」も「必要」も、テレビがでっち上げたモノをベースにしての物言いにすぎない。

「ピー音」を入れなければならないようなフリートーク（いわゆる暴露話とくくってしまってもいい）がバラエティーの主要素になってしまっていること、さらにピー音を入れることで何の内容もない話を「何かありげ」に見せかけるという詐欺の横行と、ピー音に関する問題はいろいろあるのに、そこを棚上げしたまま「ほら、やっぱりね、ピー音もっとかぶせていかなきゃ」と、「ピー音促進」に拍車ってことになりかねん。それが心配。

三遊亭円楽

「山田くん、例のモノを皆さんに配ってくらはい」

2000年8月13日　日本テレビ系「笑点」にて。
円楽師匠、いよいよろれつが怪しい。

円楽師匠の「笑点」大喜利の司会も、もう何年になるだろう。大喜利メンバーもここしばらく何の動きもない。桂才賀が降板して三遊亭好楽が復帰したのが最後のメンバーチェンジではなかったろうか。いや、よくわからないや。小円遊と三波伸介は死んだよね。三波伸介が死んだ後、ちょっとだけ愛川欽也が司会してた。談志はモメて降ろされたんだっけ。あと、この間まで「笑点の穴」とかいう若手芸人（「寄席」とか「演芸場」ではなく、「ライブ」という世代の）を「笑点の客」の前で演《や》らせるというコーナーもあったが、なくなっているみたいだ。こんな「私が笑点について覚えていること」を並べてみてもしようがないのであるが。

そんなことよりも、円楽師匠である。「笑点」という番組は「私が見なくてもずっとあり続ける」番組の最たるものである。私などが見なくても見るべき人が見ているのだからお任せしておこう、という番組。実際、長い間あまりちゃんと見ることもなかったのであるが、私は今年の初めくらいから三週のうち二回は見ている。それは、円楽師匠が気になるからにほかならない。久しぶりに「ちゃんと」見てみたら、何も変わっていないなかで、円楽師匠だけが明らかに衰えていたのだ。大喜利レギュラーメンバーについては、奇跡のような「相変わらず」。相変わらずというのが、いったいいつの時点を基準にしているのかもはっきりしないのだが。こん平の挨拶時のネタ（「ちゃんらーん」「帰りのカバンにはまだ若干の余裕がございます」ほか）、楽太郎の円楽いじりと歌丸いじめ、木久蔵のバカキャラ、何もかもが「いつか」――それは不熱心な視聴者が「あるモノ」と信じ込んでいる幻想の「笑点」を指すのかもしれない――と同じ。なによりも奇跡なのは、私が小学生のころから「ハゲ」をネタにされていた歌丸のその頭髪の状態が「薄い」のまま、とどまっているところだ。かれこれ三十年近く「同じ程度のハゲ具合をキープ」というのは、まさに奇跡ではないか。そんななか、円楽師匠は独立独歩で衰えていたのである。

しゃべりが商売の師匠なのに、明らかにろれつが怪しい。冒頭に挙げたように特に語尾があやふや、それよりも気になるのが、師匠の「間」である。すべて何テンポかずつ遅い。その空いた間の円楽が瞬間的に眠っているように見えるから、これまた始末が悪い。さらには、落語家の基本中の基本でもあろう（本当はよく知らないけど）「ネタ振り」と「オチ」という構成を無視することがたびたびであるのだ。先日も、「夏といえば甲子園ですね。今年も球児たちがねえ……」と言ったきり、ほかの話を始めていた。「振り」とか「オチ」以前の問題である。あと「座布団をもらえるのか、取られるのか」の円楽判断がいよいよ唯我独尊の域に入ってきている。予想不可能。円楽師匠、昭和八年生まれ。若くはないが。

うつみ宮土理

「キンキンケロンパ、ラブラブ。第二の黄金期」

2000年9月14日
「3BABABA＋1コンサート」終了後の記者会見にて。
リポーターからの「愛川家はおしどり夫婦で有名ですが、不倫などは？」という質問に答えて。

どうにかならんか、扇千景の新防災服。いや、防災服自体には何の感想もないのであるが、九月初めの「防災の日」に、芦田淳に発注したという新しい防災服を「自分がモデルとなって」発表し、機能説明にかこつけて裾のファスナーをかなりの分量開いて「モモまで見せるサービス」に及んだあのシーンが、防災服を見るたびさまざまとよみがえるのである。なんたるハラスメント。あれが「サービス」に値すると思っているということが、いちばんの問題である。これは、ひいては「日本の政治」というものの根源的な問題ともリンクする。よく「永田町の論理」などと言うが、政界と一般社会の常識がずれていることによって生じる問題は多い。扇千景というおばあさんがいまだに「マスコット」として生きている政治という世界。そりゃ異常だ。マスコット寿命長すぎ。でも、考えてみれば、ずーっとマスコットでいたいから政治家になったような女性議員というのも多そうである。つくづく特殊な世界である。あと、よくニュースで森首相を真ん中にして、いろんな大臣とかがソファに座っているシーンを見るけど、扇千景はいつも森の隣に座っている。まるで内裏雛《だいりびな》のよう。

なんちゅうしょっぱい雛飾り。

そんなことより、うつみ宮土理である。「そんなことより」とは言ったものの、「ハラスメント」ということでくれれば、扇千景とうつみ宮土理はすんなりとつながる。つなげなくてもいいけど。うつみ宮土理・黛《まゆずみ》ジュン・岡本夏生・瀬川瑛子の四人が「3BABABA＋1コンサート」を催したそうである。昨年に続いての二回目らしい。内容はSMAPの「SHAKE」を歌い踊ったり、チュチュ姿で「白鳥の湖」を踊ったり、過激トークをしたり、らしい。林寛子＋沢田亜矢子＋あべ静江＋大場久美子＝「女盛りゲザデレタ」とはライバル関係にあるそうだ。いや、「らしい」とか「そうだ」とか、伝聞形ばかりで申し訳ないが、言い切るのが嫌なのだ。言い切ったら最後、存在を完全に認めてしまったようで。

しかし、なんでこんなものが競合までしてるのだろう。この人たちはよく、「女性にもっと元気になってもらいたい」だの「同年代の人にエールを送りたい」だのお題目を並べるが、なんで勝手に性別や世代を代表するかな。いまの世の中の主流は若い世代に設定されていて、構ってもらえない上の世代は自分たちと同世代の人がメディアに出るだけで嬉しいものなのだ、という据わりのいい理屈をどこかで読んだ覚えもあるが。しかし、わたしが五十、六十になったときに、松田聖子に「同世代、頑張りましょう!」って言われてもムカつくだけだと思うが。よけいにしょんぼりもするし。それとも、本当にその年になったらそうなっちゃうものなのか。うつみ宮土理に自分を投影し、林寛子から元気をもらう。なんか、年をとるの嫌になってきたな。

草彅 剛

「だれですか？」

2000年9月18日　フジテレビ系「SMAP×SMAP 特別編
草彅剛のかかって来い」にて。
10人あまりの女性タレントと草彅が「男性論・女性論」について討論する企画。女性出演者のひとり、安藤和津の「うちのダンナは」という発言に対しての質問。

「スマスマ特別編」といえば、夏に放送された「木村拓哉の同学年」（木村拓哉が同学年の一般人とトークする）が記憶に新しい。あれは、二〇〇〇年の夏・ミレニアムサマーってでしょうか、を象徴する番組であった。いまでも木村拓哉の「えっ、マジでぇっ!?」が耳にこだまする。で、今回の草彅《くさなぎ》は同じ対論でも相手が「女性タレント」で、テーマ設定も「男と女」というか「恋愛」。条件としては、木村拓哉特番とはまた別の意味でキツい。そして実際、案の定キツい番組であった。女性出演者（山咲千里《せんり》、YOU、有坂来瞳《くるめ》、安藤和津ほか。あとは思い出せない）の極論じみた「男ってダメ」論（この時点でもうキツいでしょう）に一人対抗する草彅剛。その図式を浮き立たせるため、スタジオには剛オタクではない女性を観客として入れてもいた。本当はどっちの言っていることも陳腐であるが、バラエティー番組としては、見事に「草彅剛特別編」になっていた。草彅の「やられ役ぶり」に同情は集中したことだろう。

つっこむスキだらけの論に、歯がゆいほどやり込められているさまというのは、やり込められているほうにじれったさを感じるかと思いきや、論をカマしているほうの横暴さに辟易《へきえき》するもののようだ。そういう意味で、安藤和津はこの番組出たの、大失敗だろう。キツいキツい。まず、しゃべってる顔がものすごいアップで撮られるのがキツい。アウト。そのうえ、万全を期した作り笑顔ですらない邪悪な感情をむき出しにしている最中の顔なもんで、そりゃ大変。草彅は番組のエンディングで「どちらかが折れないといけない」と感想を述べていたが、たしかに草彅は折れまくっていた。しかし、一カ所だけ、この「だれですか?」という返しは、安藤和津をへこませただろう。一矢報いた。

草彅は、安藤和津のダンナがだれか、本当に知らなかったらしいが、それを「無知」として草彅を責めるのは間違っている。自分はだれの夫人であるかが、社会的共通認識であると思っている安藤和津が間違ってるだろう。安藤和津と奥田瑛二、微妙なとこだぞ。けっこう中途半端。そんな「中心」にはいないぞ。「知らねえよ」ですませていい、に分類される芸能マメ知識だ。

イヤミや対論の術《すべ》としての「だれ?」ではないこの「だれですか?」には、本当に知らないということの強さがある。この番組全体のことや、草彅剛の思想・思考などは全く別にしてであるが、この「だれですか?」で、草彅剛と安藤和津のテレビタレントとしての勝負はついた。ま、安藤和津に勝っても、本当になんにもならないけど。

あと、有坂来瞳というのは曲者だな。二十一世紀を目前にこんな言葉はどうかと思うが「カマトト」である。でも、何を知ってて何を知らないか、どれがわかってどれがわからないのかの線引きが絶妙。明らかに進化したハイパーなカマトト。昭和のそれとは別物である。

田代尚子アナ

「十歳のとき、担任の先生に『なんでこんな絵をかくの』とパレットと画用紙をぐちゃぐちゃにされた思い出がありまして、それ以来、絵はイヤです」

2000年11月2日　フジテレビ系「LIVE2000ニュースJAPAN」にて。ピカソの再来といわれる15歳の少女画家の話題のあと、自分の子供時代のトラウマを告白。

田代尚子アナには陰がある。いや「陽」のウラとしての「陰」ということであれば、「陰」とは言えないのかもしれない。だって、私は田代アナの「陽」を見たことがないから。

局アナが、安くて無理のきくバラエティータレントの代用品みたいになって久しい。なんで選び放題の中から、こんなに原稿を読むのにつっかかる人をアナウンサーとして選んだのか、なんて思っても、選択の最優先基準がそこ（上手なアナウンス術）にないことは明らかだけど。「悪声のアナウンサー」なんてのもそう珍しくない。NHKも含めた各局のアナウンサーを見ていると、その局のテレビには何が有効か、つぶしがきくのは何か、ひいてはテレビってどんなものか、みたいなことが、その新人アナの選択基準とシンクロしていて、なんかバレちゃってて恥ずかしい。「ニュースステーション」の渡辺真理や真中瞳の能力がどうこうという以前に、あの抜擢・育成というところに久米宏の性的な嗜好《しこう》の一端があらわになっていると思うのだ。「久米の好み（だから抜擢されたこ」といったソフトな言葉で世間は揶揄《やゆ》するにとどまっているけれど。久米はいろんなことがバレてる。当たってようが外れてようが、それはあんまり関係ない。そんな久米の恥ずかしさと、さっきの各テレビ局の恥ずかしさとは同じだ。

まあ、アナウンサーらしからぬアナウンサーなんてことじゃ、何の差別化も図れないということだ。

ならば田代アナがバラエティー番組に出ないのが本人の意思なのか、ほかのだれかの意思なのか、はたまたただの巡り合わせによる偶然なのかは知らない。でも、この十一時台のニュースが安藤優子からバトンタッチされた際の、番組自体のリニューアルの方向性を考えると、「派手」から「地味」（セットや構成が簡素に。出演者数も減った）、「楽」から「堅」（カルチャー系のコーナーがなくなった）、「騒」から「静」（木村太郎廃止）と、最近のテレビの流れとは逆でもある。ということは、「逆目立ち」キャラ推進という意思も読み取れる。

安藤優子キャスターのときには、たとえば他出演者との軽口の中から安藤優子の「私だって……」宣言みたいなものが発信されていた。それによって新たな（安藤優子的）局面も打ち出され、結果、よりバラエティー色の強い夕方のニュースへ、ということにつながっていると思う。いま田代アナがやってる番組は、軽口を交わすスペースがない。なんでもとりあえず「素」を見せるところからいってみよう、という流れがない。で、珍しく田代アナが「自己」を語ったと思ったら、かなりひどい子供時代のトラウマの告白。本人は笑顔だったが、どうでしょ、この思い出。こうなったら田代アナには、この路線を極めてもらいたい。今後もポロリポロリと微妙な自己言及をこぼしてほしい。拾いながらついていこう。

高嶋ちさ子

「どっかーん的な笑いがなかったんですよ」

2000年11月11日
日刊スポーツ掲載コラム「クラシックな美女たち」にて。
トーク番組に出た際、そこそこウケたが
納得いかないという。

テレビの中で「おもしろい」ということは、本当につぶしのきくことである。いまさらながら肝に銘じるばかりだ。あと、どうやら「意外におもしろい」というケースが、より好まれる傾向もあるようだ。「おもしろい」ということに関して門外漢であるはずの人、「おもしろい」ようには見えない人が「意外におもしろい」ことにはとても喜ぶ。しかし、それが本当に「意外におもしろい」であれば問題はないのであるが、多くは「意外」という部分のみで目くらましをされている場合が多い。

最近のテレビは、そんな「意外におもしろい人」を探すことに躍起である。俳優やミュージシャン、文化人、スポーツ選手などに「おもしろ」のレッテルを貼ろうと、それもなるべくいっぱい貼ろうと待ち構えている。何か「おもしろ」な動きを見せようものなら、即貼りだ。そんな「意外におもしろい人」生産に、ひと役かっているのが、各種トーク番組である。そしてその最重要機関が「踊る!さんま御殿!!」である。試験官である明石家さんまの貼ったレッテルは、テレビ界ではどこに行っても通じるお墨付きだ。このシステムによって、次々と「意外におもしろい人」は生産されているのである。

この高嶋ちさ子という人は、そうして生み出された「意外におもしろい人」の代表格である。まず「意外」の部分から検証してみると、そもそもはバイオリニストということらしいので、かなりの高得点。こういうクラシック音楽なんていうジャンルは、最近ではスポーツ選手（ただし、プロ野球選手とJリーガーを除いた一流アスリート。いまならオリンピッカーなんか最高）と並んで狙い目であろう。ストイックという先入観（って決めつけるのもなんだが）が、「意外」の飛距離を増幅させる。

高嶋ちさ子という人は、きっともともと仲間内では「おもしろい人」で通っていたのだろう。しかし、日常生活における「おもしろ」とテレビのバラエティー番組のなかでの「おもしろ」は、別モノといっていいくらいに差がある。よく聞く話だが、吉本興業には「クラス代表のおもろいやつの中から勝ち残った学校代表、さらにその中で一番の地区代表、さらに市代表」みたいな精鋭が入ってくる。本当かどうかは知らないが、テレビの中の「おもしろ」は尋常なテンションではないという話だ。「さんま御殿」は、精鋭中の精鋭・さんまが「おもしろ認定書」を乱発する番組だ。さんまは「おもしろ」を本業にしている芸人には辛いが、「意外」組には、わりと甘い。高嶋ちさ子という人も認定書を交付された一人であることは確か。高嶋ちさ子に限らないが、この認定書を別の番組やテレビ以外で使いまくる人も多い。もう、「自分はおもしろい」という自覚ばかりか、責任や義務まで感じてたりするみたいだ。いいのになあ、美人バイオリニストで十分なのに。

舞の海

「(柴田恭兵さんを) 師匠だと思って頑張ります」

2000年12月13日
テレビ朝日系「はみだし刑事情熱系」で、俳優デビュー。
演技について尋ねられ、意気込みを語る。

最近なにかと話題の「力士の第二の人生」であるが、舞の海は引退一年を過ぎても順調な芸能活動ぶりである。この成功の一要因に、「小さい」というのがあると思う。お相撲さんは、普通の人とは明らかに違うということを体現するのもひとつの役目だ。たとえば、ふた昔前なら、妙にガタイのいいヤクザの団体が新幹線に乗っていたら、それは間違いなくプロ野球選手であったわけだが、今はわからない。サッカー選手はなおのこと。そんななかで、お相撲さんはでかい体で着物（浴衣）を着ている。そして、ちょんまげまで結っているのである。

お相撲さんは、現役を引退するとちょんまげを切る。それは「市井に紛れてもいい」という解禁の意かもしれない。しかし、多くの元力士は、まげを切って慣れないスーツを着込んでも、なかなか「市井に紛れ」られない。でかいから。「元お相撲さん」というジャンルを体現することになる。が、舞の海にとっての「断髪」は本当に「力士というものからの解禁」に見えた。

初出演ドラマの「はみ刑事」では辣腕《らつわん》SPを演じるらしいが、かなりドラマの本筋にも絡んでくる重要な役どころだという。まあ、見てみないとどんなことになっているかはわからないが、キワモノではなく、ちゃんとSPに見えるという前提のマジ使いなわけだ。そういえば、大仁田厚も最初のころは「プロレスラー大仁田がドラマに出ている」というキワモノ扱いが多かったが、だんだん筋肉が落ちて小さくなっていくのと並行して、役者としてもキワモノから脱していったものである。しかし、舞の海って本当に小さいからなあ。現役時代もスペシャル番組なんかに羽織袴姿で出てたりしたけど、引退後のまげなし洋服姿のほうが、小ささにリアリティーが見えるな。

同じく、引退後の芸能活動を成功させている元力士にKONISHIKIがいるが、KONISHIKIの成功の要因のひとつには「でかい」というのがある。舞の海が小兵を生かしてテレビの中の市井に紛れるのであれば、KONISHIKIはまげを切ろうがスキンヘッドになろうが（KONISHIKIは断髪後、かなりいろんなヘアスタイルをしているが、さほどイメージが変わらないというのもすごい）、その圧倒的な「でかさ」で「キワモノ」という概念の及ばない

「非リアリティー」の中にいる。

まあ、なんだかよくわからないが、でかいか小さいかキャラが立ってたほうがいい、中途半端よりは、ってことだろうか。そういう意味では元若乃花（現藤島親方か、よくわからない）はどうなんだろう。微妙なところだ。

あと、舞の海はこのドラマ出演で演技に興味を持ったとのことだが、柴田恭兵を師匠にするのはいかがなものか。一考を促したい。恭兵を手本にしてる人って、若手の役者でもいないところである。

小耳はさまれ・オブ・ザ★イヤー 2001

（右ページ 上から下に）花田勝／田村亮子／花田勝／内田有紀／ EE JUMP・ユウキ／カイヤ／藤原紀香／田村亮子／新庄剛志／野口五郎／西城秀樹／飯島愛／薬丸裕英／岸部四郎／片平なぎさ／華原朋美／河村隆一／辻仁成／デニス・チトー （左ページ）深田恭子／小泉純一郎／小田茜／古舘伊知郎／梅宮アンナ／福岡翼／堺正章／田島寧子／パンチョ伊東／松岡修造／真中瞳／筑紫哲也／西田ひかる／広末涼子／松野明美／小泉孝太郎／木村太郎／安達祐実／錦野旦／石原真理絵／安藤和津／岡村隆史／若松勉／具志堅用高／工藤静香／タモリ／高島彩／大橋巨泉／野村沙知代／清水健太郎

藤原紀香

「夢はますます広がるばかりです」

2001年2月6日
スティーブン・スピルバーグへのインタビューにて。
米ユニバーサル・スタジオで行われた特番用のインタビューの最後に、決意を新たにする。

藤原紀香は「ボンドガールをやりたいと常々言っている」そうだ。「常々言っている」と他人から言われるということは、かなりしょっちゅう言っているということである。というより、本当にしょっちゅう言っていなければ、「常々」などという認識は得られない。考えてみれば、自分には「常々」に値するような「言」があるだろうか。口癖とは違うのである。通夜や葬式には、「生前、○○と常々言っていたっけねえ」なんて声も欲しいところ。そう考えれば、三十前で「常々」を持ち得た藤原紀香はなかなかの人物である。

それも、その内容が「ボンドガールをやりたい」である。なんかある意味「一点の曇りもなし」って気もする。この先、藤原紀香がボンドガールになってもならなくても、彼女の死亡記事には「『ボンドガールをやるのが夢』と常々語っていた藤原さんは……」の一節は入れてほしい。藤原紀香の女優としてのニュアンスを適切に伝える一節である。そして、ここにきて「007の新作（小説）は日本を舞台にしたストーリーで、映画化のあかつきには日本人ボンドガールのキャスティング可能性大」というもっぱらの噂である。おそらく正式な話ではなく推測の段階なのだろうが、しかし、この段階だからこそ「話」の方向性に興味がある。これが現実の話になると、いろんな要素が絡んできて逆に着地点はおもしろくなかったりすることも多い。この段階で日本人ボンドガールの最有力候補が藤原紀香とされているということのほうが、結局だれがボンドガールになったかということよりも、日本における「007」や「ボンドガール」というもの、ひいては「セクシー」や「国際派」や「ハリウッド」の意味を表していると思う。さらに嬉しいことに、最有力・紀香のライバルは叶美香であるという。もちろんこっち（日本。それもスポーツ紙上限定）で言ってるだけだが。ここから読み取れるのは、「ハリウッド進出」に対して存在するとみえる「（日本の誇る）高性能兵器を送り込む」という感覚だ。とりあえず、藤原紀香が最有力候補となり得ている理由は、常々言っていたこともあるだろうが、やはり体である。日本人離れした体軀。出ているドラマなど見ると、日常的な場面であればあるほど藤原紀香は浮いている。いや、はみ出している。日本の日常では手に負えんのかも。

女優や俳優の「能力」というものが何で測られるかというのも難しいし、国際派という言葉が何を指しているかというのも難しい。しかし、「日本人ボンドガール」には藤原紀香最有力、これも事実である。なんだろう、この味わい深い味気なさ。「欧米並み」という概念の根強さ。いや、私は藤原紀香を推すよ、「ボンドガール」に。本当に藤原紀香がボンドガールになったら、私は「映画」や「インターナショナル」に対する認識を変えるかもしれない。もっと乱暴に接することにする。

飯島 愛

「(最初のデートで行きたい場所は?)ホテル!」
「(風呂で最初にどこを洗う?)下!」

2001年3月13日
TBS系「ジャングルTVタモリの法則」にて。
質問に対する飯島愛の答えと間寛平の答えが合えば
OKというゲームで。

今さらな話題ではあるが、飯島愛の自叙伝『プラトニック・セックス』は、女子高生のバイブルになっているらしい。この日の番組の中でもその印税が話題になり、本人が「百（万部）はいってないのよ。八十（万部）くらい」と言っていた。すごいな。売れ行きもさることながら、その内容についての評判もいい。「よくぞここまで」とか「この本で飯島愛はカリスマになった」とか。家出・同棲・整形・AV出演といった波乱の半生を赤裸々につづっているらしい。読んでいなくても内容について知ってしまっているということは、どれだけ語られているか（書評も含めた評判の量）ということかもしれない。

飯島愛が過去にアダルトビデオに出ていたことは知られていることだ。でも、それがテレビの中で話題になることはなかった。飯島愛（側）が御法度として話題にすることを拒否していたのか、それともテレビが自粛していたのかは知らない。でもまあ、日常生活を考えても、人の、あまり耳触りのよくない（職業差別とかそういうことではなく）職歴やら前歴を話のテーマにするのはいい趣味じゃないからな。でも、飯島愛自身がそのことについて見解を述べたこともないわけで、そうするとやっぱり「無言の否定」をしているように見えていたのである。その一点に関してだけでも、この本は「赤裸々」という評を受けることになったのだと思う。

飯島愛は少なからずこの本で「隠して」いたことを「バラした」わけである。しかし、テレビの中のタレント・飯島愛は何も変わっていない。いい意味でも悪い意味でも変わっていない。冒頭に挙げた言葉も、このあけすけさの案配というのは、その「変わらなさ」を象徴していると思ったのである。

別の番組で、その番組には飯島愛はいなかったのだが、整形に関する話になったとき、だれかが「飯島愛に相談すればいい」と言ったことがあった。一瞬、「なんてこと言うんだ」という空気になったが、「あ、それはもう言っていいんだよね」ということで収まっていた。もう、いまなら他人が言い及んでも暴露とか誹謗《ひぼう》中傷にあたらない、という意味の「もういいんだよね」である。このとき思ったのだが、飯島愛はあの本を出したことで、自分の認識のさせ方において主導権を握ったのだと思った。「カリスマ」になったかどうかは知らないが、バラエティー番組の中での「ねえさん」性はアップしている。その原因は、すごい半生を送ってきたことを知らしめたからではなく、この主導権にある。何をつっこんでいいのか悪いのか、わからないもの。で、そのいい・悪いの決定権は飯島愛が握っているんだから。しかし、前からそうだったけど、どんなにあけすけにセックスを語っても、そういうありがたさは皆無。飯島愛が「ホテル」と言うより、優香あたりが「昨日マツキヨ行ったんです」と言うほうが劣情を喚起する。

華原朋美

「小室さん泣いてた」

2001年4月8日
日本テレビ系「おしゃれカンケイスペシャル」にて。
デビュー前の、小室哲哉との出会いのくだりを
赤裸々に告白。

華原朋美は「治った」ということになっているようである。

「進ぬ!電波少年」で企画を完遂したあかつきには「おしゃれカンケイ」出演のごほうびが与えられるというのがもはや恒例となっているわけであるが、それにならって華原朋美も久々の出演ということになった。

達成したのは「自分の力だけで全米デビューするまで日本に帰れない」という企画。これについてはなあ。もはや、やらせだズルだという次元の問題ではない。猿岩石が飛行機に乗ったか乗らないかがあんなに騒がれたことを思い出すと、あの胡散臭さ《うさんくさ》(やらせかどうかは知らない。あくまでもそう感じられたということ)を指摘すらされないこの華原朋美の企画は、「ドキュメント」ということに主眼はなかったことを再確認する。何のコネもツテもない日本人がアメリカに渡って、たった七カ月でCDデビューしたという「結果」の非現実性。非現実性を正当化させるに足るエピソードをつくることもできていない。

しかし、華原朋美は今までシンデレラストーリーの主人公でいた自分を振り返り、その甘えや驕《おご》りまで反省し、アメリカでの七カ月間を、つらかったけど今後の自分のためになるであろうとまで言う。騙《だま》された、と言うと語弊があるので言い直すが、翻弄《ほんろう》されたのは今回は視聴者ではなく、華原朋美だ。華原朋美は何も気づいていない。視聴者は何も気づかず翻弄される華原朋美を鑑賞していたのである。「治った」というのは「昔のトモちゃんっておかしかった」ということに気づいた、いわば魔法が解けた部分を指すのだろうが、しかしトモちゃんは新たな魔法にかかったとも言える。顔つきも元に戻ったと言われているが、それも小室に代わる別の「拠りどころ」を手にしたから、あのころ(小室に庇護されていたころ)に戻ったのではないのか。新たな拠りどころというのが「一人で頑張った新しいトモちゃん」であるというのが、何かしみじみと深く厄介な感じ。

そして、小室である。華原朋美は「おしゃれカンケイ」で、悪びれることなくかつての小室哲哉とのことをしゃべっていた。ものすごいバクロ話である。トモちゃんを見初めた小室はクラブのVIPルームに呼び出し、そこでピアノを弾いていたんだって。何度目かの呼び出しで、小室は自作の歌を急にトモちやんに歌わせる。その歌詞の出だしは「ラブ　イズ　コンピューター」。トモちゃんがその歌を歌い終えたとき、小室は泣いていた。感動で、だって。こんな恥ずかしいバクロ話を、私はかつて聞いたことがないな。でも生まれ変わった華原朋美は、そんなコムロさんに感謝しているのである。暴露話というより、リハビリ。小室も自業自得とはいえ、大変なことだなあ。と思いきや、よりによってこの「おしゃれカンケイ」のわずか二時間ほど前に、小室は「笑う犬の冒険スペシャル」で「超ハンサム侍」てのをやってた。小室も小室。我慢してろ。

河村隆一

「おもしろおかしくやってみました」

2001年4月18日　TBS系「ウンナンのホントコ！」にて。
恋愛センター試験コーナーの講師として登場。
女性受験者の回答を自らの恋愛観をまじえながら
解説・採点した。

どうしたのかと思うくらいに最近河村隆一がバラエティー番組に出ている。そして、積極的におもしろいことを言おうとしているフシもある。さらに、バラエティー番組の先住者たちはそんな河村隆一をありがたく歓迎している。「河村さん、バラエティーもイケるじゃないですか」とかいう感じで。そんなふうに認められた河村隆一もまんざらではない様子である。異色のバラエティー新人誕生のひとコマ、というところである。

ミュージックシーンというのは、どこにあるのかは知らないが「芸能界」のなかでも少々隔離されたところに存在しているような感じがある。「映画俳優」というのもそうかもしれない。その「隔離」という感じは「おもしろくなくてもいい」という特権の存在によって発生している。今、テレビに出る人にとって「おもしろい」ということは最大の正義である。「おもしろくない」ということは否定される要素なのである。しかし、そのおもしろ合戦への参加を免除されているのがミュージシャンと映画俳優ではないか。ま、参加したいのならしてもいいのだが。

ちょうど河村隆一と同じように、最近にわかにバラエティー番組に顔を出しているのが小室哲哉である。本当かどうか知らないが、小室が吉本興業入りというニュースもさっき聞いた。余談だが、吉本興業という芸能プロダクションに限り「吉本入り」って言うなあ。他の場合も言うか。でも、事務所に所属したという情報を伝えるだけの言葉なのに人生の方針まで決定したように取られる。

きっと小室は、吉本入りしたことでこれからもバラエティー番組への出演がどんどん増えるのだろう。知らないけど。でも、小室は「おもしろ合戦」には参戦しない。お客さんもしくは部外者としてバラエティーの空間にいる、というスタンスをおそらく崩さないだろう。コントを演じたとしても、そこで伝える「おもしろさ」は内容によるものではなく、「僕、コムロなのにコントやっちゃってる」という状況によるものだ。しかし、河村隆一は完全に参加しようとしている。シードなしのオープン参加でも、というくらいの意気込みかもしれない。

言い古されたことではあるが、笑わせることと笑われることは別ものだ。とはいえ、もう最近は区別がつかないというか、区別がない感じになってるような気もするけど。

そんななか、（なぜか）バラエティーに参入してきたふたり。小室は「笑われる」つもりで、河村隆一は「笑わせる」つもりだ。小室の「つもり」は、「笑われる」にふさわしくない、能動的で策略的な感じはする。それもいつもの小室的とも読める。やはり、それよりも河村隆一である。この人は、何を考えているのかわからない、というやつの一段上をいく、何を考えているのかわからないと思わされていることがどういうことなのかわからない、のである。

深田恭子

「私は前世がイルカ、前々世がマリー・アントワネット。(中略)コンコルド広場に行ったときはうれしくて泣いちゃいました」

2001年5月17日　写真集発売記念パーティーにて。
撮影のため行ったフランスについてのコメントを求められて。

深田恭子の前世はイルカかあ。その前の前々世はマリー・アントワネットかあ。重要なのは、これが占師や霊能者に見てもらったのではなく、すべて自分で決めてしまっているところだ。以前、この前世話を詳しく語っているインタビューを偶然読んだことがあるのだが、「恭子はマリー・アントワネットが大好き」なので、自分はその生まれ変わりだと信じているのである。「でもマリー・アントワネットは多くの人に苦しみを与えてしまったので、次はイルカに生まれ変わって人々に幸せを与えた」のだそうだ。

はい、ここの時点で善悪や善しあしのバランスが「チャラ」にリセットされてるということに注目。マリー・アントワネットと深田恭子の間に「イルカ」をはさんだことは、とても重大なことなのである。イルカが無償で人間に奉仕してくれたから（イルカのヒーリングセラピーとかって、そういうことなのか?）、その前の悲劇の悪女マリー・アントワネットの業《ごう》が深田恭子にはかかってこないという理屈。なかなかできた構成といえる。そして現世、「深田恭子として生きていて幸せだけど、自由な時間が少ない」ので「来世は黒猫に生まれ変わり、自由に生きる」というのが深田恭子輪廻転生四部作の全貌である。深田恭子は、この壮大な物語を「自分の中で自然にできあがったもの」とし、だから前世占いなどは絶対に見てもらうのが嫌だそうだ。私の物語の邪魔はしないで、ということである。

まあ、十八歳の女の子の考えてることなんだから、いちいち検証してなんだかんだ言うのも気が引けるが。でも、チェック欲をかきたてられるキャラである。今現在、深田恭子は華原朋美についてどう思っているんだろう。この写真集発売に際した記者会見で、だれか質問してくれたらよかったのに。ちなみに、深田恭子は華原朋美を憧れの人と公言し、大好きなのである。華原朋美へのコメントは、今こそ欲しい。あと、足の大きい彼女は、和田アキ子から靴をプレゼントされた初めての女性としても有名だが、靴といってもいろんな靴があるわけで、具体的にどんな靴をもらったのかも知りたい。それと、これもよく言われることではあるが、水泳で鍛えた彼女の体格は厚みのあるいいカラダだ。深田恭子ちゃんは格闘技なんかに興味はあるのだろうか。あと、これは本当に余計な話だが、深田恭子のまつげの巻きはだんだん激しくなってきている。まつげのぎりぎり根元にビューラーを押しつけ、強く長く力の限りはさんでそのままビューラーごとさらに上へ角度をつける。まつげの根元から上向きに立ち上げるにはそんなテクニックが必要だ。生え際からシャキッと立ち上がったまつげは見事であるが、角度がだんだん垂直に近づくにつれ、そのうちまぶたもいっしょにめくれるのではないかと心配。それくらい気合の入ったまつげなのだ。ま、老婆心てやつですが。

街頭インタビューの女性

「今までの首相とは違う感じですよね」

某ワイドショーにて。
小泉首相についてどう思うかと聞かれた30代女性の弁。

国会中継がかつてない高視聴率をとったり、ワイドショーも内閣ネタにかなりの時間を割いたりと、小泉内閣は人気である。いろんなところが調査している「内閣支持率」というのも、軒並み高数値だ。その好感度の原因が何であるかはいろいろあるのだろうが、冒頭にあげた「今までとは違う」という声は、その原因の中でも大きいものなのだろうと思う。

政治的理念だとか手法だとかいう「違い」も、それはもちろんあるのだろうが、この街頭インタビューを見ていると何かちょっと違ったニュアンスも感じられる。女子高生の「結構イケてる、って感じ」なんてのが流されるところに象徴的だ。街頭インタビューはもちろん編集されて流される。というより、街頭インタビューって世論の捏造《ねつぞう》に最も便利なものである。並び順も意見のバランスも、さじ加減ひとつ。同じ百人分のインタビュー素材から、全く正反対の「街の声」をつくることは、結構簡単であろう。

小泉内閣発足以来、いろんな番組で街頭インタビューをやっていたが、女性のサンプルが多いような印象が強いことも含め、なんか「♡」な視線の強調みたいな意図が見える。それが世間の本当の気分なのかどうかは別にしての話だ。女性の関心度も高し、という無難な言い表し方もあるが、この「♡」はクセ者だろう。

小泉純一郎って、「♡」な視線で見られる人生を歩いてきた男なのではないだろうかと思うのである。いや、他人が何をアイデンティティーにして、どんな人生を送ろうが勝手である。とやかく言う筋合いではないが、でもおもしろいなと思う。史上最多という女性大臣に囲まれてあの記念写真を撮ってる様子の、なんとも微妙なむずがゆい感じとか、田中真紀子とのタッグに漂う「従来のいやらしさ」とはちょっと別物な、でも妙な空気とか、そのへんのニュアンスは小泉の「♡」慣れということでなんとなく氷解する気がする。女性の「♡」も「支持」の重要な要素であり、小泉に限らず政治家の資質に「被♡」力というのも重要なんだろう。「男として、人間としての色気」なんていう常套句も、このあたりのことを表しているのだ。独身であるということも、かつての奥さんは、なんだかものすごい年下でスピード離婚だったということぼれ話も、はまるな。はっきりとした因果関係を指摘はできないけど、この空気はだれもが無意識であれ、読んでいるところなのかもしれない。ポスター五十円で販売なんてのも、だれかが思いついたことなんだろうが、これも「♡」の存在なくしては踏み切れない話だろう。

あと、小泉はちょっと自分に田村正和が入ってると思ってないかなあ。思ってるような気がするんだけど。東京では、最近、田村正和主演のドラマ「総理と呼ばないで」が再放送されている。これも、だれか思いついたんだろうな。似ちゃいないけどさ。

梅宮アンナ

（婚約指輪をカメラに向けながら）
「これをやるのが
夢だったんです～」

2001年6月6日　妊娠・入籍発表記者会見にて。

梅宮アンナが私たちの前に姿を現してから、もうどれくらいたつのだろう。最初は「プレイボーイ羽賀研二の次なるお相手は梅宮辰夫の娘」という文脈であったことをはっきりと覚えている。主語は梅宮アンナではなかった。

というより、この時点で世間一般は「梅宮アンナ」なんてものを知らなかった。そこから幾歳月、好きだの嫌いだの、騙《だま》されただの信じてるだの、研ちゃんがかわいそうだの自分がかわいそうだの、借金が多いの少ないの、保証人になったならない、肩代わりしたしないという「痴話」だけで梅宮アンナはここまで名を上げたのである。すごいといえばすごい。恋愛は人間の永遠のテーマ、なんつうことなんだろうか。いまや素人の恋愛事情もテレビ番組になるわけであるから、梅宮辰夫の娘・アンナの公開恋愛劇が延々と耳目を集めてしまったのもしょうがないのかもしれない。

恋愛を公開することが、ほぼ唯一の「活動」であった梅宮アンナにしてみれば、婚約・結婚記者会見で指にはめた指輪を見せフラッシュを浴びるという図は、自身の芸能活動のひとつの集大成的意味合いをもつイベントといえるかもしれない。歌手にたとえればベスト盤発売、もしくは新宿コマでのリサイタルに匹敵か。

しかし、梅宮アンナはこれが終着点ということにもなる。長い間苦しめられたダメ男との腐れ縁をようやく断ち切り（借金の肩代わり分も完済したらしい）、今度は父親のお眼鏡にもかなった男と結婚。額面どおり受け取れば「ついに大団円」であり、同時に梅宮アンナ公開恋愛劇の終幕である。もう見せるものがない。「子供も生まれて幸せです」という続編は、あんまり世間は望んでいないだろうし。梅宮アンナは、結婚・出産後も芸能活動を続けると表明しているが、何をやるんだろう。まあ、「素敵なミセス」のライフスタイル啓蒙みたいなところを狙ってるんだろうけど。

いや、ここでひとつ気にかけておかなければいけないのは、この結婚相手の「Tさん」である。あるときは会社員、またあるときは無職、かと思えば青年実業家とも伝えられるTさん。将来の夢はレストランバーの経営と語るTさん。地道や実直が善とは限らないが、何だろうな、この人。プチ羽賀研二か。プチかどうか知らないけど、人間を一千項目くらいに分類しても、羽賀とTさんは同じ項目に入るな。

というか、梅宮アンナは自分の「公開恋愛劇」の幕を下ろすことを本能的に拒否しているのではないのか。アイデンティティーとしての不幸体質。そうやって困らせられることこそ、生きること。親も巻き込んでの「梅宮家」と「娘の男」との丁々発止は、いまや辰ちゃんのメインワークにもなっているわけだし。

松岡修造

「天然と思っている視聴者の方は
多いでしょうね。
実は、相当考えてやってますよ」

2001年7月15日
日刊スポーツ「日曜日のヒーロー」から。
現役引退後のテレビでの活躍について尋ねられ、答える。

衝撃の一言といっていいだろう。修造は計算していたのである。この衝撃のインタビュー、もう少し前後を補足する。「この番組ではどんなキャラクターが求められているのか、考えてから参加してますから。指示されるのではなく、自分で考えてます」だそうだ。さらに「人を笑わすことは昔から好きでした。なぜ今僕が面白いかというと、ギャップだと思うんです。テニスの何となくまじめそうな人が、こういうことを言ったり、やったりするんだと。それがテレビの中では面白く見える部分なんだろうと思います」と自己分析までしてみせている。

テレビの中の松岡修造がおもしろい確率はかなり高い。でもそれは修造の計算が合っているからではない。どんなキャラクターが求められているかを考えて番組に臨んでいると言うのなら、その考えたキャラがばっちりハマっておもしろいのではなく、「どんなキャラクターでいこうか」と考えていること自体がおもしろいのである。「みんな天然だと思っているのだろうけど、ところが僕は相当考えてやっている」という修造の「自覚」そのものが、いちばんおもしろい。

「テレビの中の自分の面白さ」を語った修造の言葉を総合すると、「笑われているのではなく笑わせているのだ」ということになる。しかし、修造のおもしろさはやはり「笑われる」ところにある。たとえば、芸能人にテニスを教えるというバラエティーの企画。修造は、唐突にピンク・レディーの「UFO」を踊らせ、その振りがテニスのストロークにつながると言う。この部分は、まさに修造が「自分に何が求められているか」を熟考したうえでの「サービス」である。しかし、こうしたサービスの部分がおもしろいのではない。おもしろいのは、そのときに修造がはいているピシッとプレスのきいた真っ白い短パンなのである。こいつ短パン何枚持ってんだ。たとえば、の話であるが。

松岡修造の基本的なおもしろさは、ウィンブルドンのセンターコートで、ゲーム間の休み時間ものすごい形相を崩さずに、そのままの顔でドリンク飲んだりバナナ食ったりしてたところや、ハチマキに日の丸振り回して伊達公子の応援をしていたあの姿にある。修造がいくら自分の役割分担を考えてそれに沿ったところで、素材の力にかなうわけがない。ものすごく褒めているように聞こえるが、要するに天然の支配からは抜けられないということなのだが。

もう十数年前のことであるが、青山を歩いている松岡修造を見たことがある。まだ現役で、逆に今ほど顔が知られていなかったわけであるが、人込みの中、ものすごく目立っていた。あきらかにけた外れにかっこいいのである。松岡修造だからということではなく、そのオーラのせいでみんな振り返って見てしまうほどであった。でも、今となってはその無意味なかっこよさが笑いの重要なポイントとなっているわけだが。無駄でしょう。

西田ひかる

「二十代最後だし、すごく大切な年にしたいので今年で(誕生パーティーは)最後にします」

2001年8月3日　毎年恒例の誕生パーティーにて。
パーティー終盤の記者会見で、ついに婚約を発表。
さらにパーティーも今年限りでやめることを明らかにした。

西田ひかる、お誕生パーティーついに最終回。衝撃のニュースである。永遠に続くものなどないということなのだろうか。夏の甲子園とともに夏の風物詩であった「ひかるちゃんのお誕生パーティー」。なぜちゃんと毎年開かれるのか、開く意味は？　だれが望んでいるのか、どうして取材陣が押しかけるのか、何取材してんだよ、それがまたテレビや新聞に大きく出るのはどういうことか等々、理不尽の具現化ともいわれたこの「お誕生パーティー」である。でも、理不尽なものこそ、人が感じる「なんでだか」というストレスをエネルギーに変えるかのようにして生き続けたりするものである。「ひかるちゃんのお誕生パーティー」という理不尽は、長年にわたるそのかたくなな存続により、ストレスを通り越して国民共通の「ネタ」というところまで増大していたのである。風物詩といわれる所以《ゆえん》だ。もう、必然や意味などなくても、なくならないものであるとあきらめていたのである。

そこにこの終結宣言。まさに青天の霹靂《へきれき》。「やめる」と決めれば終わるという、単純な真実である。この先、世の中に存在する他の「理不尽」に対して、あきらめずに立ち向かっていく勇気を与えたかもしれない。

さらに、誕生日ごとにまるで予算報告のように告げられていた「今のひかるの彼氏状況」にも、大結末が。これまでは「今すぐにでも結婚したい。相手がいれば」だのと、いまどきデビューしたての新人でも言わないようなコメントを提供し続けてきたわけである。芸能リポーターに囲まれ和気あいあいと取材されるそのさまには、本当に「情報」という意味さえ皆無。最近は、皇族が誕生日に行う記者会見のほうがまだ「情報」が盛り込まれているというものだ。無意味なひかるの彼氏情報の成熟した形として、平成八年のパーティーで「上智大時代の二年先輩のAさんとおつきあいしてます」と発言し、二年後の同じ席で「もう別れました」と発言、という足かけ三年ネタがある。マスコミはこの「Aさん」を見つけられなかったという。もう「意味」や「必然」や「情報」どころか、「実体」すらないという域に達していたのである。

西田ひかるの誕生パーティーというのは、全国民が同時に見てしまう「逢《お》う魔《ま》が刻《とき》」(日暮れどき、何か見えないものを見てしまうような時間)みたいなものではなかったか。本当は一度もパーティーなんて催されていなかった、リポーターも取材なんてしてなかった、と言われればそうかもしれないと思わないか。でも、そんなパーティーも今年限りなのである。しかし、来年のこの季節、スポーツ新聞の芸能欄には「ひかるちゃん30歳のお誕生パーティー」の記事が載っているかもしれない。開かれるはずのない三十歳のお誕生パーティーなのに。やっぱり「逢う魔が刻」か。というか、西田ひかるって、本当に実在するよね。なんか怖いな。

広末涼子

「ハッ、よさこーい、
よっさこーい」

2001年8月14日　よさこい祭りのやぐらの上で叫ぶ。
地元高知のよさこい祭りにエントリーし、金賞獲得。

テレビでこそほとんど報道されていないようであるが、スポーツ紙や週刊誌では次々と「広末涼子の奇行」というのが報道されている。これまでひとつもおもしろいと思ったことのない広末涼子に、最近は釘付けだ。ロケ先の近所の民家をいきなりたたき起こしトイレを借りておしっこだの、行きつけのクラブで突然よさこい踊り披露だのと「奇」の方向がなんかハタ坊系である。このよさこい祭りの一件も、祭りのスタート前に「懐かしー」と叫びながら町を走り回って周囲から顔を指されまくっていたという無防備さと、事前にエントリーしていたというちょっとした用意周到のコントラストが絶妙である。そして何より「(広末はよさこい踊りが)さすがにうまかった」(地元民の声)というところが、いちばん間抜け。大賞の次の「金賞」を取ったらしい。好成績。でも、スターが地元のお祭りに一般人と一緒に参加して、童心にかえってはしゃぐというこことが「奇行」なのかどうかというのはあるが。イメージアップの材料にもなるちよっとイイ話ともとれるのに。これが「奇行」として報じられること自体が、今の広末の状態を表している。まあ、私にとってはイメージアップだけど。

広末涼子は「高値」を維持することにばかり腐心しているように見えていた。それはもちろん広末自身の意向というよりも、売り方の戦略なのだろうけど。でも、何かその「高値」に現実感がなく、希望小売価格をかたくなに言い張っているような感じがしていた。以前、量販店やディスカウントストアで値引きして売ることを禁じる（圧力をかけてさせないようにする）化粧品会社のことがニュースになったことがあるが、そんな感じ。再販価格とか独禁法とかそのへんの法律はあまり詳しく知らないけど。

そんな感じの広末は約束手形や小切手みたいだと思った。あるいは、おこめ券とか肉クーポン券。藤原紀香（眞鍋かをりでも川村亜紀でもいいんだけど）が米俵一俵、ブロック肉一キロだとして。世の中は、広末のクーポン券が望みどおりの高級品と交換できると信じすぎているとも思っていた。手形だって不渡りになったりするのに。クーポンも、松阪かな神戸かなと期待していざ交換してみたら豚の薄切り三枚肉一キロとかかもしれないのに。でも、この一連の「奇行」報道で広末の新しい着地点が見えたと思う。「交換してみたら三枚肉」ではなく、「いざ交換してみたらカンガルーの肉」というのはどうだろうか。これどうやって食うんだよ、である。フクロアリクイの肉で、「これ食えんのかよ」でもいいけど。

とりあえず、広末は「高・安」という二元論から抜け出せたと思う。振り子の揺れは一方向だけでなく、これからは横にも斜めにも揺れる。とりあえず今は振り子の糸を握ってものすごい勢いでぶんぶん振り回してるとこかも。

安達祐実

「母親というより〝女〟なんですよ」

2001年9月16日
日本テレビ系「おしゃれカンケイ」にて。
母親とふたりで出演。母親の人となりを語る。

なぜかわからないが、安達祐実の母親が何の説明もなく「ゲスト」で出ていた。もちろん安達祐実も一緒にではあるが、番組の途中で「今日はお呼びしてます」などと呼び込まれて途中参加する形ではなく、番組冒頭からの正式ゲストである。しかも、トークの内容も七対三で母親に重きがあった。なんで？安達祐実の母親って、そんなタマなの？　というか、みんなこの人を知ってるのかどうかが謎。何年か前に娘をネタにした本を出したのは記憶にあるが、顔を含めての人物像として私は全く知らない。でも、私が知らないだけで、安達祐実の母親って有名なんだろうか。

そんなことよりも、この番組は普通で考えれば「二十歳を迎えた安達祐実の知られざる素顔を母親が語る」というのが筋だろう。安達祐実がこの仕事に就いたのは本人の意思ではなく親の選択だろうし、さらに子役という特殊な環境を説明するのにはいつも付き添っていたという母親は最適だ。安達祐実の二十年間の歴史の語り部としての出演ならばわかる。しかし、実際は逆。もっぱら安達祐実が母親を語っていたのだった。知りたいかなあ、安達祐実の母親の話。

そして、そこで語られる安達祐実の母親の人となりは、けっこうきつい。娘に「母親ではなくて女」と評されてしまうようなきつさである。いや、べつに安達祐実のお母さんがどんな人でもいいのだ。番組の中で、私には「きつい」としか受け取れないいろんなことがどんどん「おもしろい」として進んでいくのである。古舘の「お母さんったら」というあおりで、「母親らしからぬ母親」像がふくらんでいく。トーク番組としたら、凡庸な人の平凡な人となりを語るよりも、あらゆる意味で特別・異常のほうがおもしろい。そういう意味では、番組としては「安達祐実のお母さんが変わった人で万々歳」である。でも、同時に考えてしまうのは、その「変わった母親」というのは日常であるということだ。安達祐実が独特の方法で「子役」からの脱皮を図ろうとした結果、ちょっと出口を間違えたのではという気がしないでもないが、そこにこの「母親ではなく女」と自分の母親を評せてしまう部分が影響してはいないのだろうか、とか。ある意味、「この母にしてこの子」ってことでもあるか。

もうひとつ、テレビ的にはおもしろいけどどうなの?という場面。島田紳助が司会の「オールスターの皆様に芸能界の厳しさ教えますスペシャル！」という番組に藤田（花田）憲子が出ていた。一般人がたまたまフルネームで呼べなかったタレントを「無名タレント」としておちょくるという企画で、憲子さんは「無名タレント」組になっていた。企画的にはそれでいいのだが、なんかすごいでしょう。タレント活動をはじめた「憲子さん」を「無名タレント」って。一人だけ冗談になってない。でも、この人本当にタレントになるんだ。要るかな。

安藤和津

「でも私診てもらいたくなーい。
だって胸見せなきゃいけないもん」

2001年10月10日　TBS系「ジャスト」にて。
ドラマの宣伝のために長瀬智也がスタジオにゲスト出演。
ドラマでは医者（研修医）を演じるという話に
過剰反応する。

しかし、最近の安藤和津はこういうふうなことばかり言っている。ジャニーズのタレントに対して奇声をあげ、若手俳優によだれを垂らす。そしてそれをアピールする。「自分はこういう者である」という自己申告である。

最近、このような「うつしっし」という視線（どんなだ）は、女性から男性に発動されることが多いと思う。とりあえずテレビの中では、「おばさん↓男の子」の場合が多い。「セクハラ」という言葉が世に出て以降、かつて王道であった「おじさん↓女の子」というのが衰退したのは確かだ。たかだかテレビの中で繰り広げられるセクハラもどきではあるが、「セクハラ」という言葉と一緒に「ハラスメント」の論理が知られるようになったことで、それまでは「テレビの中のキャラクター」に収まっていた「エロおやじ」に生々しさが付随するようになってしまった。あんまり効率のいいキャラではなくなってしまったため、志願者も減ったということだと思う。なんか抗議とかもいっぱいきそうだし。したがってかどうか知らないが、「エロおやじ」は女性のものになりつつある。「うつしっし」とよだれを垂らす「エロおやじ女」の先兵が安藤和津あたりなのかもしれない。

おそらく本人は、「エロ」なんて言葉を使われるほど性的な生々しさを感じさせているとは思っていないと思う。しかし、ズバリ「セクハラ」に該当する「おばちゃん、たまんないわ」という部分に加えて、それで同年代女性の気分を代表できているとタカをくっている感じの鈍感さが、まさに「エロおやじ」である。

「文化人」という肩書を持つ安藤和津は、自分が「ワイドショー」という下世話に「降りる」ために、何か別のキャラクターを設定しなければいけないと思っているような気がする。夫の奥田瑛二も芸術志向な俳優だし、ちょっと一般とはいろんな意味でレベルが違う、なんていう自己認識の上での「降りる」という選択ではないのか。安藤和津が「降りる」必要があるほどの位置にいるのかどうかという問題もあるが（こっちのほうが大きいか）。しかし、こんなことも単なる深読みとしか思えないほど、安藤和津はただの「エロおやじ」でしかないんだけど。

この「ジャスト」に限らず、女エロおやじ大量発生で場の空気が変わってしまう番組はある。そのとき、その「エロ」の視線が体《てい》のいいその場しのぎの「ネタ」だろうという面と、こいつら本当にポーッとしてるのかという相反する面が同時に見える。どっちもどっちで、嫌悪感二倍増である。男エロおやじはセクハラの名のもと駆逐されたが、女エロおやじは「やっと、女が男を選んで愛《め》でる時代になったのよ」てなことで容赦されてるのかもしれないと思うと、これまた嫌悪感というか「とほほ」が三倍増である。やめてくれないかな。

タモリ

「笑顔が大きく
なっちゃうんだよね」

2001年11月15日　フジテレビ系「笑っていいとも！」にて。
ケガ療養から復帰した初日、オープニングでの感想。

「笑っていいとも！」にタモリが復帰した。復帰初日のオープニングでは、休んでいた間どうしていたかという話をする特別コーナーが設けられた。だれが見舞いにきてどうだったとか、テレビで「笑っていいとも！」は見ていなかったとか、久々の（「笑っていいとも！」）出演である今日は何か特番に出ているみたいだなどと話していた。会場の観客の反応も、初め、テーマ曲が流れて登場したときなど、さすがに通常の何割増しかの歓声が上がっていた。

タモリけがで欠勤という未曽有の事態、必然的にタモリ復帰という事態も初めてだったわけである。オープニングの登場時こそ、その「初めて」にふさわしい感じがあったけどその興奮が収まるのが早かった。驚くほど早かった。オープニング後の特別コーナーは十分ほどあったのであるが、そのコーナーの途中ぐらいまでしか興奮は続かず、「今日も見てくれるかな!?」「いいとも!!」のコール＆レスポンスの時点では、すでにタモリがけがする前の「笑っていいとも！」に戻っていた。復帰の興奮は、タモリ登場からせいぜい十分しか続かなかったのではないだろうか。タモリ本人も、最初こそ「（意識すると）笑顔が大きくなる」とか「特番みたい」などと違和感を訴えていたが、すぐに慣れてしまっていたように見えた。

復帰二日目なんて、何もなかったかのような通常ぶり。いやあ、二十年間同じことを繰り返してきた番組ならではの「常態」復元率なのではないか。慣性の法則とか思い浮かんだ。よく知らないんだけど。病気ではなくけがであったということも大きいのかもしれないが、十日あまりの「非常事態」は、前後に影響を及ぼすことなくポッカリときれいに抜け落ちただけで、その抜け落ちは、過不足なしのそのままの形で抜けたところに音もなくはまり、瞬時に通常に戻ったという感じである。「笑っていいとも!」という番組が、どんな運動をしているのか、上下に跳ねているやら前後に揺れているやら、それはわからないが、番組の二十年間続いた動きをブレさせるには至らなかったのかもしれない。しかし、タモリ欠勤でもブレなかったということは、何があってもブレないということだろう。「ブレない」と書くと非常に安定しているいいことのように聞こえるが、べつにいい意味で言っているわけではないけど。動かない、進歩も後退もしないというのは、ある意味いちばんおもしろくないとも言えるし。

私は「笑っていいとも!」でいつか大事件が起きる、というのを自説としてきた。生放送であんなに人がいっぱいいるのに、何も起こらないと信じきっているあの空間。何も起こらないなんて約束はだれとも交わされていないのに、勝手にタカをくくって安心していると、そのうちエライことが起こるぞ、と。

しかし、あそこでは本当に何も起こらないかもな。

小耳はさまれ・オブ・ザ・イヤー 2002

（右ページ 上から下に）小倉智昭／木村拓哉／小倉智昭／稲垣吾郎／セルジオ越後／三宅久之／松岡修造＆長嶋一茂／鈴木宗男／三田佳子／石田純一／和泉節子　（左ページ）西田ひかる／野村沙知代／山田邦子／叶美香／前田吟／和泉節子／ソニン／和泉節子／萩本欽一／筑紫哲也／石原慎太郎／辻仁成

東野幸治

「かっこええなぁ、思てね」

2001年12月26日
フジテレビ系「笑っていいとも！年忘れ★特大号」にて。
特別ゲストとして登場した木村拓哉に場内騒然のなか、
唐突に発言。

木村拓哉の結婚、子供誕生、稲垣メンバーの逮捕、工藤静香の君が代斉唱などいろいろあったが、二〇〇一年もSMAPは人気者であった（木村拓哉の入籍は二〇〇〇年の暮れだけど）。年末にもいろんな特番に出ていた。それを見ていておもしろかったのは「木村拓哉の乱高下」である。

木村拓哉は、他メンバーに比べてバラエティー番組への出演は少ない。でも、さすがに年末はバラエティーにもお出まし。それを見ていたら、木村拓哉が激しく上がり下がりしたように見えた。まず、年末恒例の特番「さんま&SMAP！美女と野獣のクリスマススペシャル'01」。何の欠点もないとされる木村拓哉であるが、唯一バラエティー番組は下手である。おもしろくない。これはあくまで、現在のフリートークを主体としたバラエティーのスタイルにおいて「おもしろくない」ということである。歌手、アーティスト、俳優、役者に、そんな「バラエティー的能力」は不要であり、無かったとしても何の支障にもならない。他のものは何もかも持ち合わせているのである。それくらいいいではないか、である。しかし、木村拓哉本人がそれを許さない。バラエティー空間にあっても「トップ」のポジションに収まりたい。で、他メンバーの中で、それに対抗しようとする人が（意外と）いないので、すんなりとそうなってしまう。木村拓哉が自任するのは才気煥発な突っ込み役。これがけっこうつらい。そしてまた、この番組中にあったアンケートの結果を見てトークするというコーナーで発表されたデータが「木村拓哉ヤバいんじゃ……」という結果ばかり。「合コンに呼びたいのは？」最下位とかさ。べつにそのデータに信憑性を見ているわけじゃないけど、そのあとに見える「それをバラエティー的に転がしきれない才気煥発な突っ込み・木村拓哉」という姿がね。数日後の「SMAP×SMAP」の「ビストロSMAP」で持ち回りの店長役が木村拓哉。ゲストとトークをしなければならないのだが、これがまたおもしろくない。

立て続けの「バラエティー下手」露呈で大丈夫かと思っていた矢先、「笑っていいとも！年忘れ★特大号」に特別ゲストで出演した。これがすごかったのである。いわゆる「きゃあきゃあ」言われたわけだが、その程度というのが尋常じゃなかった。あのアルタの客を何かの物差しにするわけではないが、それにしても無視できない異常反応。共演者もそれに呼応するかのような妙な角度の接し方だったし。

テレビというのは、偉い人として扱われている人が偉く見える。そういう意味で、あのときの木村拓哉は特別なスターとして映っていた。観客のいないスタジオで明石家さんまと下手な突っ込み合いをしていてはいけないのである。何も言わずに「キャー」と言ってくれる客の前に出る。その歓声を浴びて動じることなく立っている。それが長持ちの秘訣だろう。

稲垣吾郎

「こんばんは。稲垣吾郎です」

2002年1月14日　フジテレビ系「SMAP×SMAP」にて。
謹慎明け復帰特番。番組なかばすぎまで引っ張りに
引っ張り、ついに登場。第一声。

それにしたってどうだろうか、稲垣吾郎復帰劇。安いなあ、芝居が。劇場(観衆の数)が大きいだけに、あの安さは画期的。市民会館の小会議室借りて、趣味のサークルが発表会するぶんにはだれも何の文句も言わないけど、たとえるならば、いきなり趣味のサークル・イン・東京ドームである。おもしろいといえばおもしろいけど、それに納得しちゃあまずいだろう。「見るに堪えない」とか「脚本の詰めの甘さが致命的」とか「役の解釈と演技のレベルに失望」とか、ちゃんと言わなきゃ。しかし、この日の「復帰特番」というか、「謝罪特番」は大成功ということらしい。さっきのサークル話に戻すが、「趣味のサークル・イン・東京ドーム」が大成功するには、ドームを親戚、友人、関係者でいっぱいにすることである。そうしたらどんなに拙《つたな》い出し物であったとしても成立し、不平不満も批判批評も出ないだろう。「SMAP×SMAP・稲垣吾郎復帰特番」があれで大成功だったのであれば、本当にSMAPというのは人気者なんだなあと、あきれるほどに感心する。でも、本当はあれで折《しゃく》伏《ぶく》されるほど世の中はばかではないと思いたい。SMAPファンのなかにだって「おかしい」と思っている人はいるはずである。

あの安い復帰特番、それによって許された稲垣吾郎。それが本当に意味するのは、あれで復帰劇大成功とすることができる「力」の誇示である。それはSMAPの力であり、ジャニーズ事務所の力であり、テレビの力であり、メディアの力である。心ひとつに結託されたら、すべては赤子の手をひねるがごときだ。

しかし、復帰特番が拙かったがゆえに本人サイドの「どう行きたいか」というのがよくわかった。逮捕・起訴猶予に対して講じた「自粛」という策。しかし、長きにわたって出られなかったことを「降りかかった不幸」として、「吾郎ちゃんはそれに耐え」「他メンバーは不測の事態の連続をかいくぐり」、こうして不幸な道のりのゴールにたどり着いた、という物語。自粛期終盤のテレビからの稲垣吾郎に対する呼びかけなど、まるでオレたちに試練を強要している「何か」に対しての抗議のようであった。しかし「何か」なんてない。だって「自粛」だろ。でも、なんか「仮想敵」つくって、少なくともファンは一緒にそれを見て、不幸なオレたち、可哀想なＳＭＡＰに陶酔してたんだろうな。そしてこの日で大団円。と、この件に関して何か言うと、そもそもの「駐車違反」という罪状の間抜けさに気づいてむなしくなるのであるが。あと、やっとお出ましになった稲垣吾郎があいさつするところって、「ムコ殿」の最終回のまね？　最前列とかで泣いてたファンは、なぜみんな部屋着みたいなもっさい服着てたんだろう。稲垣自粛中のＳＭＡＰの活動ＶＴＲを見終えての木村拓哉の感想、「ＳＭＡＰのファンになっちった」てのはどうなの？　いいの？　いろいろ謎は多いわけだが。

石田純一

「(ワールドカップには)行きまくりますね。もうほとんど休みにしてくださいって言ってある」

2002年2月28日　フジテレビ系「笑っていいとも！」テレフォンショッキングにて。サッカーの熱狂的ファンであると言い、日韓共催W杯に対する熱い思いを語る。

私は、サッカーには興味がないのであるが、サッカー芸能人については日ごろから関心を持ってチェックさせていただいている。サッカー芸能人というのは、サッカー好きを公言し、自分の芸能活動とそのサッカー好きの部分をリンクさせようという気の見える芸能人のことである。

開幕までの三カ月間でどんなサッカー芸能人が出現するかに私は注目していた。というか、それしか注目していないと言っていい。すでにおなじみの人ではなく、「え？　サッカー好きだったっけ」という新規参入者。なるべく、「ウソだろ」という第一印象を与えるような人が望ましい。そういう意味で私が期待していたのは安藤和津あたりだったのだが。まだ時間はあるので目は離せない。MAXや佐藤藍子、そして最後のチャンスに賭ける三井ゆりの「日本でワールドカップがあった年にこの子が生まれるなんて。ワールドカップベビーです」的な発言、などにも要注意。三井ゆり、これ本当に言うぞ。

そこできたのが石田純一だ。石田純一ときたか、って感じだ。念のため、サッカーファンの友人に「石田純一がサッカー好きだって話を聞いたことがあるか」と尋ねてみたのであるが、「ない」とのこと。テレビ的にはこの日がサッカー芸能人デビューと言っていいと思う。石田純一は「スペイン大会とか、もちろんこの間のイタリア、あとフランス、アメリカ、全部行きましたけど」と、そのサッカー好きぶりをアピールした。ワールドカップはすべて現地観戦しているということらしい。すごいなあ。まあ、テレビで嘘は言わないだろうとは思うけど、やはり言わずにいられない「ホントかよ」。というのも、サッカーには疎い私であるが、そんな私でも、「あれ?」と思う発言がそこここにこぼれるのである。たとえば「自殺点ていうんですよね、いま」という一言。自殺点とかサドンデスとか物騒な言いまわしは避ける方向にいってるだろう。そんな傾向、私でも知ってるぞ。ほかにも、サッカーと戦争の関係性やフーリガンのことなどを語っていたが、どれも、はなはだしく浅い。疎い私が言いきれるほど、間違いなく浅いのだ。さらに「不倫は文化だ」に通じる、意味ありげなだけでスカスカな持論も展開。「ラグビーは危険なぶんだけルールもマナーも厳しい。でも、サッカーも厳しいけどラテン系のリズムというか、そういうすごい創造力豊富なクリエーティブなスポーツなんですよ」と。間違ってはいないかもしれないけど、なんだかねえ。

それよりも、スケジュールを空けさせるほどW杯を見まくるというが、石田純一にはチケット、手に入るんだ。世の中のチケット狂騒曲とは無関係に、見たいものは当然見られる石田純一。もう石田純一なんかを接待しても何の見返りもないとしか思えないけど、こうして特権待遇を受けているのである。どっから流れてるんだろうか。

「タイムショック21スペシャル」にて

「えーと、えーと…。あ、私!?　山田邦子！」「ブー（不正解音）」

2002年3月25日　芸能人大会にバラエティーチームキャプテンとして出場。「2001年好きなタレント」アンケートで女性タレント部門上位12人を挙げよという問題で、5人しか答えられずにいすが回る。

いやあ、私も人から「意地が悪い」と言われたことがないではないが、この日の「タイムショック21　死闘芸能人クイズ王10対10バトルロワイヤルⅢ」が見せてくれた背筋も凍る底意地の悪さには恐れ入った。

芸能界のクイズ自慢二十人が「山田邦子チーム」と「石田純一チーム」に分かれ、二千万円を目指す。一分間十二問のクイズは通常どおりだが、六問以上から発生する賞金を積み立てて二千万円までリレー方式でつないでいく。途中でだれかが五問以下の成績だとそこまで積み立ててきた賞金は没収、敵チームに解答権は移る。

こういうときに必ず冠せられるのが「選ばれたクイズ自慢が集結」みたいな文句であるが、今回のメンツはまあまあか。山口良一が効いている。山口良一はなかなかのクイズ実力者。辰巳琢郎などより全然、安定感がある。かつての「スターボウリング」における加納竜的存在と思っていただければ間違いないかと思う。理解を促すためにドンピシャのたとえ話を出してみたつもりだが、効果はあったのか。

山あり谷ありの末に迎えた終盤、山田邦子チームが六人つないで千七百万円まで積み立てている。時間的に見てもこのゲームがゼロになるか二千万円になるかが、番組としても「大オチ」となることは確か。解答席には山田邦子。出された問題は「二〇〇一年好きなタレント、女性部門上位十二人を答えよ」であった。

これは、NHKが毎年やっている、いわゆる「好感度タレント」のランキングのことである。そう、かつて山田邦子が八連覇（八九〜九六年）し、この調査は山田邦子のためにあるとまで言われた、あの「好感度」調査だ。しかし、九七年に山口智子に一位を奪われて以降、本当に転がり落ちるようにランキングを下げていったのである。近年ではもう何位なのかもわからない。私はあの調査に何の意味もないと思っている。でも、あの調査結果が何よりも重要だったのが、山田邦子だったのである。あのランキングの落ち方と実質的な山田邦子の凋落《ちょうらく》は、本当に密接にシンクロしている。連覇していたときは、毎年のあの結果は山田邦子のあらゆる要素に信じられないほどの拍車をかけていたし、どんどん落ちていくようになってからは下り坂で背中を蹴飛ばすようなこれまた拍車をかけている。山田邦子にとってこれは意地悪問題。そして山田邦子は「藤原紀香・松嶋菜々子・優香・久本雅美・和田アキ子」の五人を当てたきり、もうだれの名前も出てこなくなる。最後の三秒を切ったあたりで、山田邦子は何かがひらめいたように「私!?」と叫んだ。正解のピンポン音をせかすように「山田邦子!」とダメ押しもした。しかし、鳴ったのは「ブー」。そのうえいすも回り、さらに千七百万円はゼロに。こんな意地悪見たことないな。山田邦子に同情する義理もなにもないけど、ちょっと泣いた。

叶 美香

「吸い込まれそう」

2002年4月4日　フジテレビ系
「クイズ＄ミリオネア　新番＆人気番組も賞金出すぞ！
春の芸能人・フレッシュマンスペシャル」にて。
ファイナルアンサーのあとの、みのの例の「間」に
耐えきれずつぶやく。

この日のみのもんたは、終始「叶姉妹のお色気にメロメロ」一本やりで押し通した。それは、みのの脂っこさというか、あのアクのせいで妙にリアルではあったが、予定調和な風景であった。

しかし、叶姉妹がこんな感じでテレビに定着するとは思わなかった。それは、テレビには受け入れられないキワモノだと思っていたから。レベルというよりは、方向性がテレビには収まらないんじゃないかと。キワモノのレベルが高くても、それをキワモノと指摘できれば（突っ込めれば）テレビの中で成立しやすいが、それができないと、けっこうつらい。なかにはまれに、その突っ込めない不自由な感じを共有する楽しみが発生する場合もあるが。

叶姉妹がテレビに登場した当初、世の中はそんな違和感の共有という部分で楽しんでいるものと思っていた。しかし、しだいにそうではなくなっていく。叶姉妹はもっと王道な「眼福」みたいな役割を獲得していくのである。叶姉妹の実物を見たことないけど、きっと現実に目の当たりにしたらどうにもならないんだろうなと思う。どうにもならないって言い方はないが。強力な圧力があるに違いない。何かはわからないが、説得されて納得してしまうことだろう。

しかしながら、叶姉妹は、わけがわからない。なにひとつわからない。実体としてあるのは、あのルックスだけである。いやそれとて「実体」と言い切っていいのかどうか、って話だが。でも、叶姉妹がテレビの中であぁいう成立の仕方をしているのは、やはり明らかに「別モノ」だからだ。「眼福」要員が複数いるなかで、その眼福ランキングを決めるのは難しい。最近はジャンルも多いし、小粒が多数の傾向もある。そんなときに叶姉妹は「眼福の象徴」として奉るのに便利。実際の個人の感情は無視して、眼福やお色気、セクシーの「記号」とすることで、テレビの中は非常にわかりやすく整理されるのだ。セクハラという概念が出現して以来、めっきりツブシのきかなくなったおやじの「うっしっし」という視線も、叶姉妹という記号に向けてのものであれば許容される。そういう意味ではまさに「セックスシンボル」という呼称がふさわしい。「セックスシンボル」の意味がわからないけどね。アメリカがマリリン・モンローとかをそう呼んだニュアンスを私は全く理解していないが。そのうえで、叶姉妹を「日本のセックスシンボル」と言い切りたい。

ちなみに、文中に出てくる「叶姉妹」は、ほぼ「叶美香（妹）」を指す。姉・恭子はさらにわからないので記号にならない。美香は恭子の通訳のような立場で姉の「変」を語ることで、自分が世間の理解可能の範疇《はんちゅう》にあることを知らしめることに成功した。でも面倒だから「叶姉妹」とくくることで処理しているんだと思う、世間は。だから、収入源とか整形疑惑とかも、面倒くさくなるので、もうどうでもいいってことかも。

解説

私たちの大切な公文書

武田砂鉄

中山秀征がインタビューで、「ナンシーさんには『ゆるいバラエティー番組を作った男』とか、毎週のようにボロクソ書かれていました」（ORICON NEWS・二〇一七年八月一一日）と答えているのだが、彼は、ナンシー関の文章を改竄《かいざん》している。ナンシー関が中山秀征について称したのは、「なまぬるいバラエティー番組全盛の状況が生んだスター」であり、「なまぬるいバラエティーの申し子」である。「ゆるい」と「なまぬるい」は決定的に違う。「作った男」と「申し子」も決定的に違う。書き手が没したのをいいことに「作った男」などと創造主を気取っているが、与えられた状況を甘受する「申し子」だと伝えていたはずである。

「今、ナンシー関が生きていたら、なんと言っただろう」とはよく聞く言い分だし、自分もしばしばそう思う。でも、そうやってすがる前に、私たちはまず、ナンシー関に謝らなければいけない。なぜって、ナンシー関が「なまぬるバラエティーの申し子」と称した中山秀征が、ナンシーさんには「作った男」と言われたんです、と言いふらしている様子を、誰も咎《とが》めなかったのだから。「ボロクソ」に書かれた、と中山秀征は言う。ナンシー関のコラムを読み解く上でこの上ない誤読である。自分に向かうネガティブな指摘を押し並べて悪口だと規定し、ファンや業界から取り急ぎの同情を得る、というのが芸能人の処世術として強まっているが、ナンシー関の見識を「ボロクソ書かれていました」と片付ける作法は、あまりにも下品に思える。

このところ、テレビの世界では、「毒舌」を標榜《ひょうぼう》する話者があちこちの番組を仕切っている。不振にあえぐフジテレビが今春、長寿バラエティー番組『めちゃ×2イケてるッ！』と『とんねるずのみなさんのおかげでした』を終了させるなどして、番組を一新した。生まれ変わったことを知らせる新聞広告には、「変わる、フジ　変える、テレビ」とのキャッチコピーとともに、林修・梅沢富美男・坂上忍という三者の顔がデカデカと敷き詰められていた。「変わる」という語意とは最も遠いところに位置する三者に思えてならない。「変わる」に登用された人材が、どこまでも古めかしいという矛盾が平然とそびえ立っていた。

梅沢富美男、坂上忍、或いは有吉弘行やマツコ・デラックスを一緒くたにしながら「毒舌」と称することはなかなか危ういが、それこそ中山秀征の改竄を見逃してしまうような表層的な芸能記事を書く媒体では、彼らの存在は繰り返し「毒舌」と称されてきた。しかし、番組を取り仕切る人たち、つまり、番組のルールをいくらでも策定できる人たちが、その場にやってくる芸能人に対して厳しくあたるというのは、毒舌ではなく、単なる番組内にある力関係の行使である。毒舌とは下から上に突き上げる言質《げんち》であるべきだが、その場の支配者が、被支配者に向けて厳しいことを言うのは毒舌ではない。管理する言葉であり、制圧する言葉である。目上にはすっかり従順な坂上忍を見ていれば、そのことがよくわかる。

テレビが茶の間化し、茶の間がテレビ化している。今に始まったことではない。ナンシー関は明石家さんまについて、こう書いている。「さんまはしばしば番組の中で『トークのハウツー』を教授する。後輩や若手に対して、『どうしてそこでもひとつボケへんねや』とか『今のはグーよ』などと、レクチャーしている風景はすでにおなじみ」であり、その「『さんまのハウツー』をどれくらいマスターしているかの報告会」が番組として成立しているのは、「視聴者にも教育されているから」なのだ、と。番組の首長にかしずくための方法論があちこちで説明されてきたし、視聴者はそういうテレビ内のルールをすっかり理解してしまっている。トーク番組に初めて呼ばれた芸能人が、ここで爪痕を残さなければ次は呼ばれないということを、なぜか茶の間が熟知している。

そして、芸能人は、とにかく茶の間との距離を縮めようとする。少なくない芸能人が、SNSを駆使してファンを増やし、保とうとする。「フォロワーは○万人！」などと、突出したインスタグラムのフォロワー数を枕詞《まくらことば》にテレビに登場する人がいる。逆に、自身が出演したドラマの瞬間最高視聴率をSNSのプロフィールに載せる芸能人はいない。「私とみんなはそんなに変わらないんだよ」と近づこうとする行為には、すでに圧倒的な距離が発生しているわけだが、うん、変わらないよね、と真に受けた人たちが、当人がこしらえた等身大の彼女・彼にシンパシーを覚えていく。芸能人の言動が炎上する要因には複数あるけれど、そのひとつに、芸能人の特権性が露呈してしまった時がある。共感を呼び寄せることに力を注ぐママタレントがインスタにアップするお弁当は、豪華すぎても、貧相すぎてもいけない。毎日のように「みんなとそんなに変わらない」を探し当て続けなければいけない。懸命に近づいて、共感を獲得し続ける。

よほどのスターでない限り、芸能人が特権性を発散できなくなった。ネットには数多《あまた》の事情通が溢《あふ》れ、査定を繰り返してくる。これまでのキャリアを一発で潰すような週刊誌のスクープに怯《おび》える。その反動もあり、芸能人当人や周辺が、必死にイメージ管理を強めていく。テレビはすっかり、芸能人のイメージを従順に守る装置になった。

ある一定の下世話な視点が求められてきたはずのワイドショーで頻出しているのが、芸能事務所の事情に清々《すがすが》しく配慮する井上公造である。彼が「この秋にも結婚すると言われているカップルのイニシャルは……俳優Mと女優K」などと述べて優越感に浸っている状況に、もちろんジャーナリズムなど存在しえない。ナンシー関は、芸能リポーターについて、『『業界内事情』のイヤなチラつかせ方を見せる」けど、「あんたらの事情なんか知ったこっちゃないのに、『リポーター界』の物語性みたいなものの存在を前提として、こっちへなついてくる感じ」があると記していた。梨元勝、前田忠明、須藤甚一郎あたりの居丈高な媒介者に、とても厳しかった。テレビの内と外に橋を架けるのが自分たちであるという特権性を膨らませる傲慢《ごうまん》を放置しなかった。『めざましテレビ』には長らく軽部真一というアナウンサーがいるが、彼はミュージシャンのコンサートなどを紹介する時に、「実は昨日、私もお邪魔したのですが……」と自らの経験を持ち込むことが多い。まさしく「業界内事情」をチラつかせてくる。芸能人と茶の間の間に入り、わざわざイニシャルで結婚の可能性を伝えてくる井上公造。その手の仲介者の体は、いつだって内に向いている。単なる番組内の法規の行使に過ぎないものを毒舌と呼び、仲介者はジャーナリズムの精神を真っ先に投げ捨てて、内部で管理されながら事情通を気取る。その一方で、芸能人が顧客との距離を詰めようとしてくる。こういうテレビの環境に慣れてしまったからこそ、中山秀征がナンシー関の文章を「ボロクソ」と形容することを放免してしまう。

自分という存在をテレビの外からどのように見てほしいのか、「見る」「見られる」をいかに管理するか、テレビに出る存在にとって、それは常に切なる問題である。ナンシー関の大好物の一人であった田村(谷)亮子についての筆致がその管理の危うさを説明してくれる。

「『十連覇の偉業を達成』というフレーズは、見ている側（世間）が使うものである。当事者（ここではヤワラちゃん）には、〝十連覇〟はともかく〝偉業〟を〝達成〟という視線はないものと思いたい」

「メディアの中でできあがった自分像を、自らなぞってしまう」

それを見て世間は「思ったとおり」の人だと確認し、再びその振る舞いをなぞっていく。

「この繰り返しで、本当は歪んでいたり肥大していたりする『像』が、どんどん太線でくっきりとしてくるのである。田村亮子に限ったことではないけれど、田村亮子の太線状況が日本でも屈指であることは確かだ」

見られ方を当人が管理しようとすることで、「像」が肥大化していく。「太線状況」なんて言葉はもちろんないけれど、ナンシー関は芸能人の自己認識や自己プロデュースによって作り上げてくる「太線化」に厳しかった。自分の市場価値をロンダリングしようとするような行為に対して、冷徹に市場価値を伝えていた。いくつか並べておこう。

安藤和津について。「草彅は、安藤和津のダンナがだれか、本当に知らなかったらしいが、それを『無知』として草彅を責めるのは間違っている。自分はだれの夫人であるかが、社会的共通認識であると思っている安藤和津が間違ってるだろう」

RIKACOについて。「もう何のプレッシャーもなしに、芸能界というかテレビ界を悠々と好きなように泳ぎ回っている、という感じだ。しかし、その『悠々』は、そうすることを世間が本当に許可したのだろうか」

藤原紀香について。「出ているドラマなど見ると、日常的な場面であればあるほど藤原紀香は浮いている。いや、はみ出している。日本の日常では手に負えんのかも」

武田鉄矢について。「武田鉄矢が人気者であると思うたび、私は日本という国が嫌になる。武田鉄矢を受け入れるというのが日本人の国民性だとするなら、私は日本人をやめたいと思う」

社会、世間、日常、国民性。スケールを大きく見せたい芸能人に、お望み通りのでっかい言葉をぶつけて、スケール感のチグハグを指摘する。安藤和津と社会。ＲＩＫＡＣＯと世間。藤原紀香と日常。武田鉄矢と国民性。その構図の設定は、テレビという産物に向ける信頼の証左でもある。テレビを、世界と私の衝立《ついたて》とした。ただ、時には素直にわだかまりをぶつけた。

川島なお美について。「川島なお美が『なおみ』の『み』の字だけを漢字の『美』にしていることについてじっくり考えてみたりすると、なんともいえない嫌な気持ちになったりする」

ヒロミについて。「何よりヒロミが間違っているのは、普通のバラエティー番組に出たとき、バラエティータレントが担当すべき仕事（場を盛り上げるために自らのテンションを上げたり、様式としてのボケやツッコミをこなすことなど）を、もう自分は免除されているというカン違いをしているところだ。誰が免除したというのだ」

テレビの前にいる私と、テレビに映る誰か。テレビという衝立によって距離が保たれることで知覚される違和感。その違和感は、今読み返せば、それがたちまちアドバイスに聞こえることだってある。たとえば、斉藤由貴に対する「自分を見つめる時間を減らすといいと思う」、寺門ジモンに対する「ダチョウとの両立は大丈夫か」というように。芸能人それぞれが作り上げてきた「太線状況」を見逃さずに拾い上げ、建設的に言葉として吐き出した。

今、テレビは、コンプライアンスなんて覚えたての言葉に身を縮こめているが、獲得したその言葉を、欠けてしまった独創性の言い訳に使っているきらいもある。番組の中核として見かける顔がいつも変わらない。ジャニーズとAKBグループが誰一人出ていないバラエティー番組を探すのは、出ている番組を探すより難しい。何にでも対応できる人たちだから、というより、作る側が彼ら・彼女らの体つきに合わせていく。ドラマの主役は男女合わせて三〇人もいればいいほうで、医療ドラマで医師役をやったかと思えば次にドジな会社員役をやり、別のドラマでドジな会社員役をやっていた人が次に医療ドラマに挑戦している。ドラマの初回放送前にバラエティー番組をハシゴして番宣に励み、あの番組とこの番組でほとんど同じエピソードを話していることを、少なくない視聴者が知っている。「休みの日の過ごし方」をまた答えている。こう見えてインドア派だと、一昨日も聞いた。番組のMCが「どうせ番宣でしょ」と笑わせる時、視聴者は業界人の一員であるかのように同調しながら小さく笑う。芸能人から、整理された情報が大量かつ定期的に届く。その俳優がなぜブッキングされているかの政治的理由も簡単に見えてしまう。分かってしまうことに躊躇《ためら》いがない。そしてその後で、自分はもっともっと分かっていると主張する井上公造のイニシャルトークがそこに存在し続ける。

ナンシー関は、抱えた違和感を「○○感」という表記で表した。野村沙知代が重宝されていた時、彼女の「歯に衣着せぬ」立ち振る舞いをしきりに見せつけられたわけだが、「この種の『あけすけさ』にはどうも嫌悪感があるのだ。そしてこの『あけすけ』感は、私のなかで『野村沙知代的』なものと同義なのである」とした。神田正輝について、彼を「眺めてみると、感じてしまう『小物感』を不思議に思うことのほうが間違いであって、元来非大物であったことに気づくのである」とした。『はなまるマーケット』に出演していた薬丸裕英って、「もう『はなまるカフェ』に住んでいるように見えないだろうか。そこが獏とのいちばんの違いであろう」「概念としての『住んでる』感は、毎日の帯番組を長くやっている、という〝時間〟をかけさえすれば得られるものでもない」とした。

あけすけ感、小物感、住んでる感。事実を規定するのではなく、感覚をひとまず吐き出してみることによって、視聴者がなんとなく感じていた、その人物や環境へのザラつきを溶かしていく。再び登場させるが、安藤和津が若手俳優にすり寄っていく感じについては、『うっしっし』という視線」と明示し、わざわざ「どんなだ」と自分で自分に突っ込んでいく。これまで定義されたことのない「○○感」をぶつけ、広がる困惑に、自分も困惑してみせる。水前寺清子の結婚式中継番組を録画したビデオを保持し、いつだってこの映像を見ることができるという事実は、「人生にとって何らかの後ろ盾になる」が、「何の、かはわからない」。ナンシー関の鋭さは、不確かなことを不確かなまま差し出してみる勇気と表裏一体であり、先述したように緩慢な毒舌が身内に向けて無理くり鋭利であるかのように投じられている昨今において、実体が見えない「感」をぶつけてみる行為は改めて有用だ。

ねぇ、ナンシーさん、と急にくだけた口調で愚痴りたくなるけれど、私たちは年に一度くらい神田うのや梅宮アンナを見かける。彼女らは、定期的に自分という存在を更新してくる。こちらからはもちろん頼んでいないのにPRが届く。その不変は、彼女らを制御する声がないことをも意味しているわけだが、なんか変だ、なんか妙だ、をぶつけなければ、あちらは当然、健やかに生き長らえる。中山秀征による「ボロクソ書かれていました」というナンシー関への評定が根から間違っているのは、誰かをいたぶりながらひっくり返そうとしていたのではなく、中山のように、テレビの中でのらりくらりと漂う存在やその空気を、テレビの前で的確に記録しようとしたという史実を蔑《ないがし》ろにしているから。ナンシー関は、誰かを許さなかったわけではなく、うまいことやってる誰かをそのままにしたくなかったのである。それはむしろ、ボロクソとは真逆の、懇切丁寧な視線であった。

だからこそ、テレビの前に座る視聴者の感情を、一方向へ矯正しようとする働きを見逃さなかった。「泣けるいい話」で敷き詰められる24時間テレビについて、「どうかと思うところはいろいろあるけど、でも泣かされちゃったから――で口をつぐむのは間違いじゃないか。泣きながら『全然おもしろくなかった』と言ってもいいのに」と記す。番組に向けられたこういった愛のほうが、むしろ地球を救うのではないか。感動を規定するな、強いるな、こっちの勝手にさせろ、空気が一つに絞られていくことを嫌った。サッカーW杯やオリンピックが生み出す空気の統一に厳しかった。一九九六年のアトランタ五輪を中継するTBSのキャッチコピーは「感動まっしぐら」。必ず生まれるであろう感動をあらかじめキャッチして、その感動をしゃぶり尽くす用意をする。「感動まっしぐら」が生み出す国民の態度とは、「感動させてくれ」である。「『感動、い、い、させて』という受け身の謙虚さのすぐ裏に、すごいエゴが見える」。この「感動させて」のエゴは、これから数年間、二〇二〇年東京五輪に向けて、一気に爆発していく態度に違いない。

私はもうすでに、ヒロミと坂上忍が、東京五輪までは頑張ろうと誓い合っている番組を見た。こうやって、大きな催事にかこつける姿をこれからいくらでも見ることになるのだろう。ナンシー関が定点観測していた名前を思い出そう。神田うのも梅宮アンナも、谷亮子も武田鉄矢も、小倉智昭もＲＩＫＡＣＯも、いかにも東京五輪に照準を合わせて動き出しそうではないか。それを見逃したくないし、見逃さないためにナンシー関のテキストがある。

ナンシー関がいなくなってしまったのに、ナンシー関が書いた人がそのまま佇《たたず》んでいるもどかしさ。今回、この一冊を編集するにあたり、『週刊朝日』で連載された四五〇本ほどのコラムに目を通し、そこから七七本を厳選した。繰り返ししつこく高知東急《たかちのぼる》（東生）に迫る姿など、ナンシー関を語る上では欠かせないコラムをいくつも落とさざるをえなかった。五〇音順に並べることも考えたが、雑誌の初出掲載順に並び替えてみると、芸能界と茶の間の緊張関係がいかに変質していったのかを捉えることができるような気がした。ナンシー関のコラムって、ノスタルジーにはなりえない。多くの登場人物が今の芸能界でもそれなりの位置を保持しているから、という理由だけではない。今、どんな事案であろうとも、芸能スキャンダルは瞬く間に消費され、片っ端から忘れ去られていく。ひとつの芸能ネタをじっくり吟味するよりも、思いっきり叩いて消費するか、事務所などに忖度《そんたく》して最低限の報道で済ますか、そのいずれかだ。週刊誌が出る頃には、その議題がすっかり古びている、なんて場合も少なくない。ナンシー関は、読者に対して、「それでいいのか。後悔はしないのか」と考える時間を与えた上で、当人だけではなく、無意識に整ってしまう世間の見解を、もう一度疑った。その手つきは、テレビの中の存在からすれば緊張感を与えるものだっただろう。見張られている感覚は、番組の質感や、芸能人の振る舞いに直結していたと思う。

ナンシー関という書き手にずっと憧れてきた。だからこそ、どれだけ距離があろうとも、同じ列に並ぶのが憚《はばか》られた。朝日新聞出版・山田智子さんから、今回の企画について提案された時、これは自分がするべき仕事ではない、と思った。だが、ナンシー関の本だけでなく、横田増生『評伝 ナンシー関』（朝日文庫）を手がけるなど、そのコラムを伝承してきた編集者からの申し出に耳を傾けると、今、ナンシー関の作品集を編んで届ける意味を、とても切に考え抜かれていた。謙《へりくだ》るよりも、前のめりに羨望《せんぼう》をぶつけて編み直し、ナンシー関の作品を改めて読むことのできる循環を作り出すべきだと、鼻息荒く編集作業に乗り出した。特定の時代のテレビが作り出す空気について書いているのに、それが半永久的な説得力を持つという摩訶《まか》不思議。この半永久的な文書の賞味期限を更に先延ばしにしたいと思った。

人間という生き物は記憶を改竄する。「なまぬるバラエティーの申し子」と書かれた人が、「ゆるいバラエティー番組を作った男」と言い始める。それを今、私たちは許してしまっている。ナンシー関は、絶対に許さなかったと思うのだ。ちゃんと拾い上げて、違うよと指摘したと思うのだ。

ナンシー関に、自分も続いていきたい、なんて思わない。あまりにおこがましい。だけど、せめて、改竄を止めたい。それこそ、私が、そして私たちが示すべき最低限の敬意ではないか。中山秀征は「ゆるいバラエティー番組を作った男」ではない。「なまぬるバラエティーの申し子」だ。私たちの大切な公文書を、私たちで守り抜きたい。

二〇一八年六月

（たけだてつ／ライター）

ナンシー関《せき》の耳大全《みみたいぜん》77
ザ・ベスト・オブ「小耳《こみみ》にはさもう」1993-2002
朝日文庫

2018年8月30日　第1刷発行
2024年7月20日　第3刷発行

著　者　ナンシー関《せき》
編　者　武《たけ》田《だ》砂《さ》鉄《てつ》

発行者　宇都宮健太朗
発行所　朝日新聞出版
〒104-8011　東京都中央区築地5-3-2
電話　03-5541-8832（編集）
　　　03-5540-7793（販売）
印刷製本　大日本印刷株式会社

ISBN978-4-02-261941-9

武田　砂鉄
わかりやすさの罪

すぐわかる、即身につく、○回泣ける……。納得と共感に溺れ、わかりやすさの妄信あるいは猛進が止まらない社会への警鐘。《解説・TaiTan》

尾崎　世界観
尾崎世界観対談集
身のある話と、歯に詰まるワタシ

加藤シゲアキ、神田伯山、最果タヒ、金原ひとみ、尾野真千子、椎木知仁、本谷有希子——リスペクトする作り手を招いて密室で交わした言葉たち。

加藤　シゲアキ
できることならスティードで

大阪やキューバ、パリ紀行から、不登校についてや〝父〟との別れなど思索の旅まで、旅をテーマにした清々しいエッセイ集。《解説・朝吹真理子》

國分　功一郎
哲学の先生と人生の話をしよう

親が生活費を送らない、自分に嘘をつくって？「哲学は人生論である」と説く哲学者が三四の相談に立ち向かう。《解説・千葉雅也》

佐野　洋子
あれも嫌い　これも好き
新装版

絵本作家で名エッセイストでもあった著者による「よくぞ言ってくれました」と頷くこと間違いなしの名エッセイ。《新装版解説・三浦しをん》

春風亭　一之輔
いちのすけのまくら

気鋭の噺家がガラケーでしたためた、小気味よい一〇〇のエッセイに思わずニヤリ。一之輔ならではの芸が冴えわたる。《解説・川上祥太郎》

谷川　俊太郎
人生相談　谷川俊太郎対談集
父・谷川徹三、外山滋比古、鮎川信夫、鶴見俊輔、野上弥生子、そして息子・谷川賢作と胸の内を語り合った比類なき対話。《解説・内田也哉子》

津村　記久子
まぬけなこよみ
こたつ、新そば、花火など四季折々の言葉から様様なエピソードを綴る。庶民派芥川賞作家のとほほで可笑しな歳時記エッセイ。《解説・三宅香帆》

萩尾　望都
一瞬と永遠と
人生の意味、雪の情景、忘れ得ぬ編集者、手塚治虫ら様々な表現作品への思い——。独特の感性と深い思索に圧倒されるエッセイ集。《解説・穂村　弘》

村田　沙耶香
となりの脳世界
デビューから今までの日常と想像のあれこれを書き綴ったエッセイ集の決定版。一五本を追加収録。読み終えると世界が広がる。《解説・矢部太郎》

群　ようこ
ぬるい生活
年齢を重ねるにつれ出てくる心や体の不調。それを無理せず我慢せず受け止めて、ぬるーく過ごす。とかく無理しがちな現代人必読の二五編。

ヤマザキ　マリ
ヤマザキマリのリスボン日記
テルマエは一日にして成らず

イタリア人姑との戦い、日本の風呂への渇望……。『テルマエ・ロマエ』を生むに至ったリスボンでの日々を綴る爆笑日記！《解説・本上まなみ》

朝井　リョウ
スター
〝国民的〟スターなき時代に、あなたの心を動かすのは誰だ？　誰もが発信者となった現代の光と歪みを問う新世代の物語。《解説・南沢奈央》

井上　荒野
あちらにいる鬼
小説家の父、美しい母、そして瀬戸内寂聴をモデルに、逃れようもなく交じりあう三人の〈特別な関係〉を描き切った問題作。《解説・川上弘美》

今村　夏子
星の子
《野間文芸新人賞受賞作》
病弱だったちひろを救いたい一心で、両親は「あやしい宗教」にのめり込み、少しずつ家族のかたちを歪めていく……。《巻末対談・小川洋子》

月村　了衛
奈落で踊れ
接待汚職スキャンダルで揺れる大蔵省。この危機に省内一の変人課長補佐・香良洲が立ち向かう。官僚ピカレスク小説の傑作。《解説・池上冬樹》

辻村　深月
傲慢と善良
婚約者・坂庭真実が忽然と姿を消した。その居場所を探すため、西澤架は、彼女の「過去」と向き合うことになる――。《解説・朝井リョウ》

藤岡　陽子
メイド・イン京都
《第9回京都本大賞受賞作》
美咲・三二歳。婚約を機に京都へ。婚約者との関係性に違和感を覚える中、かつて熱中したものづくりに再挑戦することに――。《解説・谷口富美》